I0647061

20106

S147778

Y.e

CAPRICES.

SAINT-CLOUD. — IMPRIMERIE DE BELIN-MANDAR.

CAPRICES,

PAR

L. G. DES HOGUES.

_____

PARIS,

DÉSESSART, ÉDITEUR,

RUE DES GRANDS-AUGUSTINS, 22.

1842.

il est sans doute déplorable de se présenter
au public avec un nouveau volume de vers, dans
un moment où son dégoût pour la poésie semble s'accroître avec le nombre et la fécondité
des poëtes.

Nous nous consolons cependant dans la con-
sidération même du sujet de nos plaintes, de
ce mouvement général des esprits vers les intérêts, auquel nous assistons, et de cette absorp-
tion presque complète de l'attention publique

par l'*utile*, qui caractérise notre époque. Car comment les apprécier d'une manière éclairée, comment même les critiquer avec intelligence, si l'on ne les considère d'abord comme les résultats d'une crise nécessaire que doit traverser une société bouleversée jusqu'en ses fondements, avant de se fixer solidement sur de nouvelles bases, et de se procurer des moyens d'action et de jouissance en rapport avec ses nouveaux besoins? — Ne nous plaignons donc pas avec trop d'amertume de ce qu'il nous délaisse momentanément, nous rêveurs inactifs, ce peuple que distrait le mouvement des choses : l'amélioration de nos propres intérêts, les progrès mêmes de l'art et de la pensée ne sont dans l'avenir qu'au prix des améliorations et des progrès qu'il poursuit.

Mais tous sont-ils entraînés par ce tourbillon

ennemi de la réflexion et de la rêverie? Les travaux intellectuels sont-ils donc délaissés par tous? Loin de là. — Nous-mêmes, pouvons-nous, parce que le grand nombre nous abandonne, laisser périr en nous ce feu que tous les siècles ont appelé divin et sacré? Non, nous le nourrirons longtemps, s'il le faut, dans l'ombre, mais nous le conserverons pour l'heure où la poussière du tumulte étant tombée, son éclat pourra briller encore aux yeux de tous.

LE PAPILLON.

LE PAPILLON.

Sur ton sein, fleur d'amour
Doucement embaumée,
Mon aile s'est fermée,
J'ai dormi tout le jour.

Le tonnerre m'éveille,
Tout le ciel s'est voilé;
Sur mon aile vermeille
Une goutte a coulé.

4

A tes pieds, sous la pluie
Par le vent ballotté,
Je vais rouler sans vie
Peut-être, et sans beauté.

Sous sa feuille jalouse
Le lis veut me couvrir;
Sur ton sein, mon épouse,
Je préfère mourir!

Le bruit redouble; on tremble;
Redoublons nos baisers;
Soyons, soyons ensemble
Epargnés ou brisés.

Mais non! vis, sois jolie;
Moi seul, ciel irrité,
Moi seul!... mais prends ma vie,
Si tu prends ma beauté!

AVE MARIA.

AVE MARIA.

Inspiré de lord Byron, *Don Juan*, canto III, stanza cI.

Ave Maria ! l'airain sonne,
Il appelle les cœurs aux cieux ;
L'ombre est rose, la nuit rayonne,
Le silence est harmonieux.
Combien, l'âme ardente et plaintive,
J'aime, sur cette molle rive,
Avec la brume de l'été,
A voir planer et puis descendre,
De cette heure puissante et tendre
Les mystères et la beauté !

Ave Maria! sur la terre,

Sur les mers, au divin séjour!

Voici l'heure de la prière,

Et voici l'heure de l'amour.

C'est la plus céleste des heures,

Qui dans les célestes demeures

Ouvre les portes de la nuit;

Aussi c'est l'heure de Marie,

L'heure où l'on rêve, où l'on oublie

La terre, où tout aux cieux conduit.

Salut, madone solitaire!

La femme avec toi vient pleurer,

Et l'homme t'aime; ô jeune mère,

Qui peut te voir sans t'adorer?

Image vraie, aimable et belle!

Devant la colombe immortelle,

L'œil baissé, le front rougissant,

O femme, n'ai-je pas vu luire

Des pleurs à travers le sourire

Dont tu caresses ton enfant?

Le vent s'endort sur la bruyère,
Et pourtant il semble parfois
Qu'un souffle embaumé de prière
Effleure les feuilles des bois.
L'exilé, la paupière pleine,
Ecoute la cloche lointaine
Qui pleure le beau jour qui meurt;
Car lui, la fin de sa carrière
Ne doit soulever sur la terre
Ni gémissement ni douleur.

Les hymnes avec la fumée
Montent en mourant dans les cieux;
Vers la litière accoutumée
A pas lents cheminent les bœufs.
L'âtre est chaud, la table est servie,
Pour ceux qui rapportent remplie
La mesure de leur labeur;
L'oiseau sur son nid où frétille
A peine éclose sa famille,
Epand son aile et sa chaleur.

L'enfant redemande à sa mère
Le mol oreiller de son sein,
Tandis qu'autour du jeune père
Des aînés bourdonne l'essaim.
Mais est-il un vieillard qui voie
Se presser autour de sa joie,
A l'heure du repos, le soir,
Tout ce qu'à l'ombre de ses lares
Couvaient jadis ses yeux avares,
Tout ce que rêvait son espoir?

Ave Maria! parmi l'ombre
Azurée, il tombe des cieux
Dans mon âme agitée et sombre,
Des rayons calmes et joyeux.
Heure suave, heure des femmes,
Où dans le frais après les flammes,
Respire enfin ce qui brilla;
Heure de secrète mollesse,
Heure de désir, de tendresse,
Heure de l'Ave Maria!

SAPHO.

SAPHO.

SCÈNE LYRIQUE.

Le promontoire de Leucade. — Lycé cherche et trouve Sapho, qui la regarde avec des yeux égarés et comme sans la reconnaître.

LYCÉ.

C'est Lycé ton amie, après toi la plus belle

Des filles de Lesbos, cette molle Lycé,

Au bras blanc, de qui seule, aux danses de Cybèle,

Ton bras lisse et nerveux voulait être enlacé.

Quand de l'aurore en feux, sur les rives de Pyrrhe,

Se répandait le souffle et brillait le sourire,

Avec moi tu voulais, sur le bord des flots bleus,

Le long des rochers gris, sous la lointaine brume,

Marcher, descendre au fond des grottes, de tes jeux

Agiter le sein mol des ondes, à l'écume

Frivole, aux flots mêler les flots de tes cheveux ;

Avec moi tu voulais, chancelante, timide,

Ruisselante, au soleil, essayant un souris,

T'asseoir en frissonnant sur le rocher humide ;

Sur ton sein rougissant, de ta blanche chlamyde,

Suspendue à ton cou, je croisais les longs plis,

Je baisais tes yeux noirs, et ta gorge de lis !

Quand le vaste Uranus se couronnait d'étoiles,

Quand la blanche Phœbé scintillait sur les flots,

Quand la brise du soir, de parfums et d'échos

Chargée, au bord secret de sonores îlots,

Expirait caressante, étourdis matelots,

De nos doigts délicats nous déliions les voiles

D'une frêle nacelle, et seules toutes deux,

Nous laissions dériver la barque balancée
Sur les mers de Lesbos douces comme leurs cieux.

Moi! lorsque les vieillards, vers la nuit commencée,
Le long des siéges blancs, sur le seuil des maisons,
Assis, autour de toi la jeunesse empressée
Te demandait des chants et te disait : Dansons!
Je t'apportais ton luth, source de poésie;
Alors tu t'égayais d'une vive harmonie,
Tu chantais en riant de légères chansons
Qu'après toi redisaient tous les jeunes garçons.
Pour toi tous soupiraient; tous, pendant l'ombre amie,
Semaient ton seuil de fleurs; mais, pour eux, ennemie
De cet amour viril frère de la folie,
Ton luth ne tremblait point sous d'orageux accords,
Ta voix n'exhalait point en ses brûlants efforts
Ces paroles de feu qui font comme une rose
Rougir la vierge pure et soulèvent son sein,....

. . . .

. . . .

SAPHO (l'interrompant).

O secrets ténébreux, que dans la conscience
Sur un autel souillé je dévoue au silence,
Que je crains en fuyant de jeter au zéphyr !.....
Mais toi qui m'as suivie en toute ma carrière,
Sache encor le secret de ma course dernière;
Enfin je puis parler, puisque je vais mourir !
L'amour, l'amour viril m'aiguillonne et m'entraîne !
S'il est pour le génie une virginité,
Je meurs vierge, moi, moi, malgré ma volonté !

Lycé, te souvient-il, qu'aux jeux de Mitylène,
Parut un beau jeune homme? On le disait d'Athène;
C'était l'Amour caché sous une forme humaine !
Il voulait se venger, il voulait m'asservir !
Pour moi seule, en mes yeux, allumant le désir,
Il faisait chatoyer ses ailes de saphir.
Moi qui traitais, tu sais, de rumeur incertaine,
Ce baiser dont sa lèvre aurait, dit-on, touché

Le beau front rougissant de la jeune Psyché,
Il m'a baisée au front; dans mon cœur qu'il dédaigne
Il a plongé le trait dont malgré moi je saigne.
Soudain je crois le voir, un stupide bonheur
Paralyse ma langue, une subtile ardeur
Coule dans tout mon corps, de loin l'écho trompeur
Me semble de sa voix apporter l'harmonie,...
Puis, mon oreille tinte, et ma tête assourdie
N'entend plus que des sons qu'elle-même produit,
Et mes regards errants s'éteignent dans leur nuit.
Comme le cerf blessé qu'un chasseur laisse vivre
Pour le blesser encor, pour encor le poursuivre,
Le cruel tour à tour et me laisse et me suit,
Si je le fuis, il vient; si je viens, il me fuit;
Et je meurs sous les coups d'une haine immortelle!

Avant que ma beauté n'eût irrité les dieux,
Mille amants méprisés disaient que j'étais belle,
Mes chants ailés charmaient et la terre et les cieux.
Maintenant je suis seule ! En mes mains impuissantes,

La douleur fait vibrer les cordes gémissantes,

Dans les sombres forêts, par les arides sentes,

Je vais, j'erre le long des vagues mugissantes,

Je fais autour de moi pleurer de mes tourments

La vaste solitude et les flots écumants,

Et je me plains à l'air, et l'air redit mes plaintes....

Tes plaintes! ah! plutôt dis tes rugissements;

Les échos fatigués les rejetant aux vents!,....

Et mes pieds et mes mains ont laissé leurs empreintes

Sur ces sommets déserts; aux arbres du vallon

J'ai gravé mes amours, mes larmes et son nom,

A mon corps oubliant de donner sa pâture,

Parmi les fols espoirs j'ai vécu de douleurs!.....

Moi! pardon, ô mon maître! ô sublime Epicure!

J'ai vécu, comme toi, d'extase et d'ardeurs,

De méditations, de chants parmi les fleurs,

De mon propre génie et de gloire future!

Qu'il se fane et déjà dépérisse énervé,

Ce corps que la beauté délaisse inachevé;

J'ai vécu bien assez, si je ne suis plus belle,

Et si, malgré les dieux, sur la terre, immortelle,

Mon corps seul doit périr en ce dernier effort

De ma vie en fureur qui s'élance à la mort.

Elle marche en dansant.

Marchons! la nuit est belle, et Phœbé sans nuages,

    Dévoile ses chastes rayons!

Marchons gaie au trépas; que dignes des sept Sages

    Coulent mes dernières chansons.

L'unique bien des corps, pendant la courte vie,

    C'est la brûlante volupté!

Le seul bien des esprits, oh! c'est la poésie,

    Mère de l'immortalité!

Couronnez le front large; à flots versez l'ivresse

    A l'insatiable désir!

Mais avant que le vin dans la coupe ne baisse,

    Avant les fleurs, sachons mourir!

Que crains-je ? Le néant au delà de la vie,
    M'ouvre son insensible sein ;
Dieux qu'enfanta la peur ! enfers, vaine folie,
    Du vulgaire, stupide frein !

Iles de Grèce, adieu ! vrais champs de l'Elysée,
    Où pour chaque jour radieux,
Dans des vagues d'azur, par une heure rosée,
    S'ouvrent et se ferment les cieux !

Vos poëtes mourants, les yeux sur leur patrie,
    Ont chanté leur dernier désir ;
Espérer vous revoir au delà de la vie,
    Pour eux ce n'était plus mourir.

Avec moi meurt ma lyre ; oh ! ma lyre fidèle
    A d'autres ne répondrait pas !

Dansons, Lycé, dansons les danses de Cybèle!
    Viens, enlace-moi dans tes bras!

Sur ton sein haletant, dans la fougueuse danse,
    Souvent mon sein a palpité;
Lycé, suis mes accords, ployons-nous en cadence
    Aux poses de la volupté!

Elle s'arrête.

De mes doigts enflammés, de ma gorge brûlante
Sous les baisers, coulez harmonie enivrante!
Vénus, inspire-moi! Vénus a sa bacchante!
Vénus seule a fait naître un génie en mon sein.

LYCÉ.

Laisse errer tes cheveux, un dieu te rend charmante!
Frappe au hasard ton luth de ta main délirante!
Laisse les mots jaillir de ta bouche tremblante!
Un dieu guide ta langue, un dieu conduit ta main!

SAPHO (en s'éloignant).

Adieu, terre glacée ! adieu, Lycé chérie !
Aux dieux n'envions point leur sort.
Les dieux, toujours heureux, ont l'immortelle vie,
Les hommes malheureux, la mort !

Elle se précipite.

LA POUSSIÈRE.

LA POUSSIÈRE.

Seul mon esprit parcourt la terre;
Dans l'ombre éparses, des clartés
Me laissent voir de la poussière
Tous les atomes agités.

Et je leur dis : « Poussière vaine,
» Pourquoi vous agiter ainsi ? » —
Ils répondent : « Poussière humaine,
» Toi seule t'agites ici !

» Nous suivons l'ordre, nous ! la vie,

» A quitter ce qu'elle a quitté,

» A revivre ailleurs nous convie.

» Toi ! qu'es-tu que je n'aie été ?

» Toi ! qu'es-tu que je ne doive être ?

» La substance est commune. L'art,

» La nature, — le néant, l'être, —

» L'intelligence, le hasard, —

» Au sein de leur mère patrie

» L'un contre l'autre font effort;

» La mort paralyse la vie,

» La vie organise la mort.

» Moi, je suis ta sœur, moi ton frère,

» Moi ta mère, nous tes amis;

» Dans la chair ou dans la poussière

» Nous fûmes ou serons unis.

» Viens, viens embrasser ta famille!... » —
Et la poussière autour de moi
Monte avec un bruit qui fourmille
Et semble rire à mon effroi.

Je fuis dans les espaces sombres ;
Là, soudain, aux feux de l'éclair,
J'aperçois d'innombrables ombres,
Inquiètes, tourner dans l'air.

« Pourquoi, leur dis-je, infortunées,
» Vous agiter autour de moi ? » —
Elles répondent étonnées :
« Nous nous agitons moins que toi.

» L'esprit ravit-il la matière
» Jusqu'à nos hauteurs sans souffrir ?
» Nous, nous sommes dans notre sphère,
» De la tienne pourquoi sortir ?

» Va ramper dans la poudre infime,

» Avec le vil fardeau du corps ;

» Laisse à leur tristesse sublime,

» Les ombres paisibles des morts.

» Adieu ! » — La troupe trépassée

En fuyant me souffle ces mots,

Et de son haleine glacée

Glace la moelle de mes os.

« Adieu, leur dis-je, âmes vulgaires,

» Qui n'avez pu vous élever

» Au-dessus des bornes précaires

» Que la chair même sait braver. »

Et rappelant mon énergie,

Vers la solitude des flots,

Je vole ; sur l'onde rougie,

Errent des ombres, des sanglots ;

Là, je vois rugir et se mordre
De noirs fantômes mutilés ;
Là, de blanches formes se tordre
Parmi de longs cheveux mouillés.

Tout est donc la mort sur la terre !
L'air, la poudre que nous foulons,
L'onde, et l'aliment nécessaire
Qu'à nos corps nous assimilons.

Sur la terre tout est donc vie !
Car, sans cesse échappé des vers
L'être subsiste, se rallie
Au cours vivant de l'univers,

S'épure, jusqu'à ce qu'entière,
Dépouillant la mortalité,
Il entre en l'intime lumière
Où la Force aime la Beauté,

Et qu'à l'œuvre ardente de vie
Participant, il se confond,
Il se mêle, il s'identifie
Avec ce principe fécond,

Dont l'infatigable puissance,
Puisant l'être en ce qui n'est pas,
Le jette à travers l'existence
Dans le noir creuset du trépas.

LE BAISER.

LE BAISER.

Légère est la feuille de rose
Qui tombe en tournant, et se pose
Sur le cristal fuyant de l'eau
Moirée aux reflets du berceau.

Doux est le toucher du zéphire,
Qui sur les cordes de la lyre,
Pousse en se jouant les cheveux
De la blonde vierge aux yeux bleus.

Suave, au printemps, est l'haleine
Des jardins de Naple ou de Gêne,
Sur les flots du golfe endormi
Que l'ombre dessine à demi.

Tendre est l'amoureuse caresse
Du ramier qui de l'aile presse,
Du bec mord sa blanche moitié,
L'œil mourant, le cou replié.

Eh bien! la feuille est moins légère,
Moins doux le zéphyr printanier,
Moins suave la primevère,
Moins tendre l'amoureux ramier,

Que le baiser dont, mi-vêtue,
Plus blanche que ton blanc peignoir,
Relevant sur ta tête nue
De tes cheveux le manteau noir,

Ton pied tendu posant à peine
Sur les silencieux tapis,
Tu viens, retenant ton haleine,
Effleurer mes yeux assoupis.

LES CHEMINS DE FER.

LES CHEMINS DE FER.

L'homme n'est plus captif du lieu qui l'a vu naître,
Dans l'antique ignorance où son père a croupi,
Des préjugés du sol et des erreurs du maître,
Enfin l'homme n'est plus un esclave assoupi.

L'homme a réalisé l'espérance interdite
Que des temps fabuleux la magie exhuma;
L'activité triomphe et n'a plus de limite
Que les limites même où Dieu nous enferma.

Les vallons sont comblés, les hauteurs aplanies,
Les monts percés à jour ; en tous lieux, en tous sens,
Volant comme le vent sur des routes unies,
L'homme détruit l'espace, et devance le temps.

Tout entier, l'univers n'est plus qu'une province,
Le genre humain n'est plus qu'un immense congrès
Qui par un seul chemin, guidé par un seul prince,
Mû par un seul esprit, marche vers le progrès.

Sous quels abris obscurs, quelles ombres proscrites,
Pourraient donc vivre encor les superstitions,
Les fables, les erreurs, ces mères décrépites
Des haines de ces sœurs qu'on nomme nations ?

Au grand jour, loin des lieux qui faisaient leur puissance
Se heurtant l'une l'autre, elles se briseront ;
Tous, au bien-être, alors, par la même science,
Tous, par la même foi, vers le vrai marcheront.

Déjà, de toutes parts, s'écroulent les barrières
Où d'antiques besoins parquaient les nations ;
Désormais la pensée humaine, sans frontières,
Sur tout le sol humain prolonge ses sillons.

D'un bout du monde à l'autre, alors, en quelques heures
Portant les fruits du sol et les œuvres des mains,
Sans usure, on verra, dans toutes les demeures,
Le commerce verser le bien-être aux humains.

Dans des divisions de castes sans mélange,
On n'ira plus chercher l'aise et la sûreté,
Comme dans des remparts ; mais dans le libre échange,
Dans l'usage commun de la fraternité.

Un nouveau siècle s'ouvre, une immense carrière
Se prépare à l'enfant dont seuls les petits bras,
Le souris seul encor dit qu'il connaît sa mère,
Dont flotte la pensée et chancellent les pas.

Car la pensée humaine, oh ! ce n'est plus Icare
Sur des ailes de cire aventuré dans l'air,
Incertain de l'instinct qui le guide ou l'égare,
Sans contrôle oscillant du zénith à l'enfer.

Car le génie humain, dans le siècle où nous sommes,
Ce n'est plus Mazeppa, qu'en son sauvage effroi,
Une cavale entraîne au hasard vers les hommes
Qui, sauvé par hasard, un jour le feront roi.

Le génie aujourd'hui ne lâche plus les rênes,
Que sa route explorée, et son but défini ;
Et par des moyens sûrs, vers des rives certaines,
Parcourt, le front serein, un chemin aplani.

Dans ses services seuls, à l'empire du monde,
La pensée aujourd'hui cherche et trouve des droits,
Et n'aspire à régir la nature féconde,
Que par l'obéissance à ses sublimes lois.

L'homme enfant veut d'abord emporter l'empyrée,
Produire l'existence et détruire la mort,
Rendre par un effort la vie et la durée
Aux éléments scindés par un contraire effort.

L'homme mûr veut d'abord jusqu'à l'intelligence
Elever le vil corps qu'il traîne chargé d'ans,
L'affranchir des besoins, du temps, de la distance,
Et le rendre insensible aux coups des éléments.

Quand l'homme, secouant comme de viles chaînes,
La lourde pesanteur qui l'attachait au lieu,
Aura transfiguré les puissances humaines,
Il sera temps qu'il pense à devenir un Dieu.

Car, d'abord, le progrès s'appela poésie,
Plus tard, philosophie; explorant le terrain,
L'esprit vague planait : la savante industrie,
Vers le mieux, aujourd'hui, nous conduit par la main.

Aujourd'hui, le progrès, c'est, dans des champs stériles,

Ces longs tuyaux jetant la fumée et l'éclair,

Ce sont ces balanciers, gigantesques mobiles,

Qui font vivre l'airain et travailler le fer.

Ce sont ces longs chemins de jaune et fine arène,

Ces deux rails noirs qui fuient, et ces longs trains fermés

Que, les naseaux bouillants, les poumons enflammés,

Un monstre, en mugissant, dans la fumée entraîne.

LE SYLPHE.

LE SYLPHE.

Dans la tranquille nuit, sur ton sein qui palpite,
Parfois ne sens-tu pas un souffle errant glisser ?
C'est mon esprit qui seul, dans ta chambre interdite,
Autour de toi voltige et te vient caresser.

Quand la nuit pleut à flots, que mugit la tempête,
Frémissante à la fois de plaisir et de peur,
Ne sens-tu pas t'étreindre une chaleur secrète ?
C'est mon amour qui ploie une aile sur ton cœur.

Aux langueurs du sommeil quand tes yeux vont se clore,

Aux rayons du matin vont s'ouvrir;... un moment,

Ne crois-tu pas sentir ton sein brûlant encore,

Des larcins enflammés d'un invisible amant ?

C'est que parfois la nuit, au souffle qui l'agite,

Ta vitre mal close ouvre un passage vers toi ;

Mais plus souvent le bois résiste, je m'irrite,

Et ce n'est plus le vent qui pleure alors, c'est moi.

Hélas ! combien de fois j'ai grelotté dans l'ombre,

Entre cette persienne et ces cruels carreaux,

Sans pouvoir t'appeler; près de ta lampe sombre,

Essayant de te voir dormir sous tes rideaux.

Alors, las des rigueurs de tes vitres jalouses,

Je me laisse emporter par les vents vagabonds,

Je vole sur la mer, glisse sur les pelouses,

Sillonne la vallée et plane sur les monts.

Puis, le matin m'éveille; inquiet, je m'empresse,

Te cherche, te retrouve, enfin je te revois

Comme un trésor sans prix qu'on regarde sans cesse,

Que sans cesse on croit voir pour la première fois.

SOLITUDE.

SOLITUDE.

Seul, je veux être seul ; dans la paix des déserts,
Je sens sourdre en mon sein des torrents de pensées,
Revivre en mon esprit les choses effacées,
Et tourner sous mon front un nouvel univers.

Seul, lorsque je suis seul, les soucis de la terre,
Les futiles calculs s'envolent loin de moi,
Et, sur les points obscurs du doute et de la foi,
Mon esprit fait briller un rayon solitaire.

Dans le vague inconnu, la sombre immensité,

Ma pensée en tous sens rayonne sans obstacles,

J'épèle l'univers, je lis dans ses spectacles,

Le rapport de ses lois avec l'humanité.

Je me sens libre; au loin je vais par bonds sauvages;

A travers le désordre, aux obstacles mouvants,

Je perce, me fais jour dans la pluie et les vents,

Je cours parmi des champs tout sillonnés d'orages.

Vers l'immense horizon du sud étincelant,

Du fond du nord opaque et de la blanche brume,

Sur la mer qui bruit, sur la terre qui fume,

Je fuis comme le trait qui s'embrase en volant.

Les bruits deviennent chants, les spectacles, prodiges;

Sous les objets cachés, l'ordre spirituel

Se dévoile; je sens de tous les points du ciel

S'abattre sur mon front de sublimes vertiges.

D'un mouvement cessé, l'ardeur, l'enivrement,

L'impulsion m'entraine, et dans l'espace immense,

Je plane pour planer, je vole, je m'élance,

Je m'égare et jouis de mon égarement.

Il me semble parler aux esprits des montagnes,

Il me semble parler à l'esprit de la mer,

De mystères divins j'entends bourdonner l'air,

Un long murmure humain s'élève des campagnes.

L'invisible à mes yeux rayonne en traits de feu ;

Dans leur diversité, les formes de la vie,

De la terre et du ciel, comme en un incendie,

Nagent dans les rayons de leur cause, de Dieu,

L'immense, le profond, le bon, qui nous expose

Aux combats des confins de la création,

Mais nous ouvre en son heure et dans notre saison

Son sein, où ce qui tombe à jamais se repose.

Puis, mon vol ralenti s'abaisse ; loin du ciel,
De pensers en pensers, de prière en prière,
De soupirs en soupirs, je me réveille à terre,
Et mes yeux étonnés se rouvrent au réel.

Et la nuit se déploie ; un astre rouge, immense,
Monte, sans l'éclairer, sur l'horizon brumeux ;
Au loin sur les sommets, au loin sur les flots bleus,
En tous lieux et dans moi se répand le silence.

DANAÉ.

LES PLAINTES DE DANAÉ,

DE SIMONIDE.

Ὅτε λάρνακι ἐν δαιδαλέᾳ ἄνεμός

βρέμει πνέων, κινηθεῖσα τε λίμνα,

δείματε ἔριπεν, οὔτ' ἀδιάντοισι παρειαῖς,

ἀμφί τε Περσέα βάλε φίλον γέρα.

    Εἶπεν τε· ὦ τέκος,

    οἷον ἔχω πόνον!

σὺ δ' ἀωτεῖς γαλαθηνῷ τ' ἤτορι κνώσσεις

ἐν ἀτερπεῖ δώματι χαλκεογόμφῳ τε,

νυκτὶ ἀλαμπεῖ κυανέῳ τε δνόφῳ.

LES PLAINTES DE DANAÉ,

TRADUITES DE SIMONIDE.

L'arche résiste frémissante
Au vent qui souffle, à la mer qui bondit,
La joue en pleurs, Danaé d'épouvante
Tombe, autour de son fils jette ses bras, et dit :
    O mon fils, quelle peine
      Est la mienne !
Mais toi, tu dors; le sommeil et mon sein,
  Sous l'affreux toit aux clous d'airain,
  A ton cœur et sur ta paupière
    Ont versé le repos,
    Sous le ciel sans lumière,
Dans la bleuâtre obscurité des flots.

Σὺ δ' αὐλέαν ὕπερθε τεὰν κόμαν βαθεῖαν
παριόντος κύματος οὐκ ἀλέγεις,
οὔτ' ἀνέμου φθόγγων, πορφυρέᾳ
κείμενος ἐν χλανίδι πρόσωπον καλόν.
Εἰ δέ τοι δειλὸν τόγε δεινὸν ἦν,
    καί κεν ἐμῶν ῥημάτων
    λεπτὸν ὑπεῖχες οὖας.
      Κέλομαι, εὗδε, βρέφος,
      εὑδέτω δὲ πόντος,
      εὑδέτω ἄμετρον κακόν.

    Μεταβουλία δέ τις φανείη
      Ζεῦ πάτερ, ἐκ σέο.
Ὅτι δὴ θαρσαλέον ἔπος εὔχομαι,
τεκνόφι δίκα, συγγνῶθί μοι.

Sur tes cheveux flottants passe l'onde marine,

Le vent mugit, mais toi, rien ne t'émeut, dormant

Sur la pourpre molle où s'incline

Ton front charmant.

Si tu pouvais connaître

L'horreur de nos périls,

Ton oreille à mes cris

S'ouvrirait peut-être ;

Mais dors mon fils,

Dorme la mer immense,

Dorme mon immense douleur.

Dieu paternel, rends-nous ton cœur,

Fais briller ta clémence.

Si je t'implore sans effroi,

Ah ! souviens-toi

Que c'est pour notre enfant que je demande grâce,

Et tu comprendras mon audace,

Et tu prendras pitié de moi.

LA FOLLE.

I.

Ce n'était qu'une pauvre fille;
Sa mère travaillait aux champs;
Mais enfin l'humaine famille
La comptait parmi ses enfants,
Et le Christ, comme pour les grands,
Avait versé son sang pour elle!
Elle était magnanime et belle;
Comme au village, aux premiers rangs
Elle eût pu briller, être aimée.
Pour quelle amour, pour quel destin,

O mon Dieu, l'aviez-vous formée ?
Ingrate terre, sur ton sein
Plus tôt que fleurie, abîmée,
La beauté ne naît donc qu'en vain !

II.

Sur un coteau boisé, derrière
Quelques vieux pommiers, sa chaumière
Cachait son faîte d'ais pourris,
Son toit de paille vert de lierre,
Et couronné de bleus iris.
Au bas, un sombre bois taillis
Vêtissait à perte de vue
Une longue gorge touffue.
C'est là que, passant un matin,
Rouge, sein ouvert, tête nue,
Lasse d'un message lointain,
Pour respirer, sur un banc d'herbe,
Elle jeta sa lourde gerbe,

S'assit, s'accouda sur sa main,

Et s'endormit. — Dans le chemin,

Passant sur son coursier superbe,

L'héritier du château voisin

La vit, l'aima... s'il aima rien,

Car il était un de ces hommes

Dont l'ardeur souille; en noir venin,

Qui changent ce par quoi nous sommes

Semblables au pouvoir divin;

Qui nomment passe-temps, science

Du monde, finesse, élégance,

Séduire, flétrir l'innocence!

Mais ce qu'à l'ivresse d'un jour,

Enfin, l'on jette en sacrifice,

C'est la beauté, divin calice,

C'est l'innocence, c'est l'amour;

Ce n'est pas une simple fille,

C'est une mère, une famille;

Mais ce qu'on empoisonne enfin,

C'est la source du genre humain !

L'enfer sait par quel art infâme
Il s'insinua dans son âme ;
Avec quelle habile lenteur,
Lui dévoilant, dans son ivresse,
L'espoir d'un avenir menteur,
Il amollit, émut son cœur ;
Aux feux d'une fausse promesse,
Au vain éclat de la richesse,
Enflammant sa timide ardeur,
Il sut ravir à la pauvresse
Son unique bien, son honneur.

O sacrifice détestable !
Le moment fuit irrévocable.
Il part, il rit, il est vainqueur,
Lui !... mais, ô toi, de ta pudeur,
Qu'as-tu fait, vierge lamentable ?
O lis, qu'as-tu fait de ta fleur ?

III.

Chevalier, dans le bruit des armes

Penser d'elle, tendres alarmes

De son sort, te vont-ils chercher ?

Avant ton profane toucher

Sans ombre rayonnaient ses charmes ;

Depuis, elle se fond en larmes,

Pâlit et va se dessécher !

Sais-tu qu'elle sent comme un crime,

Ton fils s'agiter dans son sein ?

Dis ! sais-tu qu'entre ta victime

Et ses vieux parents que l'on plaint,

Et ses vieux amis qu'elle craint,

Le déshonneur ouvre un abîme !

Qu'elle erre sans toit et sans pain,

Qu'elle meurt de honte et de faim !

Que pâle, que folle, sauvage,

Sous un arbre au large feuillage

Accroupie, au bord d'un chemin,
Elle t'attend toujours en vain?

Attends! attends! triste victime!
Attends! attends ton noble époux!
Entends-tu sur la haute cime
Le canon frapper à grands coups?
Entends-tu le cor qui résonne
Et les fanfares retentir?

« Quel bruit de fête m'environne?
» C'est lui! dit-elle, il va venir!
» C'est lui! son coursier le devance!
» Il brille, il sourit, il s'avance!...
» Il vient de l'air d'un jeune roi;
» C'est lui! Mais cette vierge blonde...
» A son bras! — C'est sa femme...— Et moi?...»

— C'est sa femme devant le monde,
Car devant Dieu, certes, c'est toi!

IV.

Rapide fuit ce jour d'ivresse;
Long fuit ce jour de désespoir.
Un second jour se lève et baisse.
On dit qu'avec le triste soir,
Conseillère d'un vil espoir,
Une vieille dans l'ombre épaisse,
Vint jeter devant la pauvresse,
Du pain, des habits et de l'or.
C'était dans l'attente obstinée,
De l'amour, de la main donnée,
Qu'elle vivait, non d'un trésor.
Ah! désormais l'infortunée,
Du monde s'était détournée,
Et n'attendait plus que la mort.
Aux yeux de la vieille étonnée,
Loin, loin d'elle, avec ces présents

Elle jeta l'ignominie.

Accepter ces dons malfaisants,

C'était accepter l'infamie !

Comme à l'écaille d'un serpent,

Comme aux étoffes infectées

Des contagions d'Orient,

De ses mains en avant jetées

Elle n'y toucha qu'un moment,

Effrayée, en les repoussant.

Et comme la robe fatale

Fit du centaure rugissant,

Ils enflammèrent tout son sang ;

Ses cheveux mêlés se dressant,

Ses dents convulsives grinçant,

Elle surgit en bondissant ;

Contre le ciel en l'ombre absent,

La honte, la rage infernale

Du fond de son sein impuissant

Par un son rauque, par un râle

S'exhalèrent en menaçant.

V.

Cependant à l'heure où les ombres
Mobiles répandent la nuit,
Où les couleurs dans les airs sombres
S'effacent, où tombe le bruit,
Lassés de fêtes et d'ivresse,
Seuls, seuls pour la première fois,
Emus d'une vague allégresse,
Les époux dans le sombre bois
Chevauchaient vers le clair rivage.
Lasse aussi, mais de vaine rage,
Vers les flots, dans l'ombre du soir,
Déjà lourde de sa grossesse,
Une femme au vêtement noir
Marchait.... Qu'allait cette pauvresse
Demander seule aux flots amers?
Le dernier service qu'aux mers

Peuvent demander les cœurs fiers,

Qui savent jusques à la lie,

Boire la coupe de la vie.

Pieds nus, relevant d'une main

Quelques haillons vers sa ceinture,

De l'autre pressant sur son sein

Sa longue inculte chevelure,

Son pas rapide ne faisant

Ni rouler le caillou sonore,

Ni grincer le rocher glissant,

A l'heure qu'au ciel rouge encore

Au loin, sur le flot vagissant

La lumière erre suspendue,

Elle allait morne, résolue.

De lueur un trait vacillant

Blanchit la femme demi-nue.

L'épouse la vit; et soudain,

D'un souci curieux émue,

Elle laissa flotter le frein.

VI.

Sous les pas des chevaux rapides
Du choc des durs cailloux mouvants
Le bruit éclate ; au loin les vents,
Les vagues se taisaient ; limpides
Dormaient les cieux étincelants.
Mais une effroyable tempête
Mugissait, tonnait dans la tête
De celle qui marchait là-bas.
Peut-être elle n'entendit pas
Le bruit qui courait sur ses pas ;
A mourir résolue et prête,
Peut-être elle le méprisa.
Sans détourner les yeux, déjà
Ils la voyaient franchir la lame.
« Dieu ! dit l'épouse, cette femme
» Nous entend et semble nous fuir ! »

» — C'est cette folle qu'on évite,

» Dit-il. — Cette fille séduite

» Que je voyais seule languir,

» Que j'entendais parfois rugir?

» Dit-elle, est-elle enfin réduite

» A l'extrême angoisse du sort?...

» Vient-elle ici chercher la mort?...

» — Elle est sorcière! la maudite,

» Loin de tous les regards, sans bruit,

» Vient conjurer la sombre nuit!...

» — Non, vois! dans la vague ennemie,

» Sans retour elle fuit le bord,

» Elle va conjurer la mort,

» Et c'est là toute sa magie.

» Elle est coupable? elle est punie!

» Digne peut-être d'infamie

» Moins que l'homme qui l'a flétrie,

» Que l'homme qui la fait périr,

» Pour nous, impure ou vertueuse,

» Elle n'est qu'une malheureuse;

» La regarderons-nous mourir ? »

Cependant la vague plus proche
Les repoussait ; ils purent voir
Au loin, sur une haute roche,
La pauvresse monter, s'asseoir.
Autour d'elle aussi monta l'onde ;
Bientôt, d'une digue profonde,
Le flux insensible de l'eau
L'isola du reste du monde
Sur son volontaire tombeau.
Comme à la lueur funéraire
Dont la lampe tremblante éclaire
A demi le funèbre lieu,
Aux clartés du croissant qui sombre,
Au sommet de la roche sombre,
Au-dessus des vagues, son ombre
Se dessinait sur le ciel bleu,
La vue au loin tantôt fixée,
Tantôt à ses pieds abaissée,

Elle élevait ses bras en l'air,

Ou, menaçant la vaste mer,

Par des gestes soudains, terribles,

Sans cesse elle semblait parler

A des puissances invisibles;

Mais de loin les horribles mots

Que jetait sa lèvre farouche

Se perdaient dans le bruit des flots.

L'épouse pleure, et dans sa bouche

La parole éclate en sanglots.

« Mon ami, je ne puis vous dire

» Comme mon âme se déchire

» Quand je réfléchis au martyre

» De ces victimes de l'amour !

» Oh! sans doute elles sont infâmes;

» Mais elles ont des cœurs de flammes,

» Mais comme nous elles sont femmes,

» Et pour elles Dieu n'est pas sourd.

» Comme elles je me sens fragile,

» Et comme cette femme vile,

» Si j'eusse été fille servile,

» Peut-être eussé-je aussi tombé !

» Si pure que je puis paraître,

» Il peut exister dans cet être

» Plus de vertus qu'en moi; peut-être

» Toute elle n'a pas succombé.

» De ces pauvresses la plus pure

» Est au risque d'une imposture,

» D'une rencontre d'aventure,

» D'une promesse, d'un effroi;

» Pourquoi celui qui l'a perdue,

» Là, sur l'abîme suspendue,

» Là, sur son calvaire étendue,

» Ne la voit-il pas comme moi?

» Que ne suis-je chevalier, page !...

» — Doutez-vous de mon courage ? »

Dit-il; et déjà sur la plage,

Parmi les vagues emporté,

Son cheval courait, à la nage
Traversait le flot irrité;
Et soudain, sur le roc sauvage,
Le chevalier était monté.

VII.

La pauvresse de son approche
Ne parut pas s'apercevoir;
Pas un mouvement, un reproche;
Elle semblait ne pas le voir,
Elle semblait ne pas l'entendre.
Mais, voyant qu'il osait lui tendre
Sa main,.... comme le monstre noir
Qui s'attache au pêcheur d'éponges,
Elle le saisit, l'attira,
Et sur le rocher l'entraîna.

« J'ai bien écouté tes mensonges !

» Ecoute donc mes vérités !

» Tu peux t'asseoir à mes côtés,

» Je suis ton épouse, dit-elle;

» Peut-on en prendre une nouvelle,

» Sans que l'autre soit morte, enfin?

» Tu l'as fait,... tu l'as fait ! Eh bien,

» Voici que je te justifie;

» Je meurs. Le pauvre en sa folie

» A l'homme riche se confie.

» Ton amour commença ma vie,

» Ton amour en sera la fin.

» Car, c'est toi, c'est toi qui me tues;

» Aussi, devant ces blanches nues,

» Cette lune, pâle flambeau,

» Cette mer, sublime tombeau,

» Ne crois pas qu'à ma dernière heure

» En vain Dieu te conduise ici,

» Aux yeux de ta femme qui pleure,

» En vain te livre à ma merci ! »

Et pendant l'étreinte agitée
De sa main sèche et contractée,
Il frissonnait d'un vague effroi ;
Il sentait là je ne sais quoi
De suprême, d'inexorable,
Tandis que l'onde inévitable,
Blanchissant les rochers mouillés,
Venait écumer sur ses pieds.

« Ah ! tu croyais, ajouta-t-elle,
» Elevant sa voix solennelle
» Au-dessus des flots en rumeur,
» Que c'était une bagatelle
» De perdre une fille d'honneur !
» Parce qu'un titre de noblesse
» Luit sur tes noms au loin maudits,
» Et que l'odieuse richesse
» Dore ton front et tes habits,
» Seigneur, vous vous croyez permis
» De rire aux pleurs d'une pauvresse !

» Pour avoir fait sur mes lambeaux,

» Jeter quelques habits nouveaux.

» Avec une aumône insolente,

» Tu crois avoir payé mes maux,

» Soldé ce prix d'une servante !

» Tu ne sais pas ce que je vaux !

» Et ces honneurs, et ces richesses

» Qui devaient payer tant d'ivresses !....

» Hélas ! je te l'ai dit un jour,

» Tu n'avais pas besoin de faire

» Cette parade mensongère ;

» C'était assez d'un mot d'amour,

» D'un souris de ta lèvre altière,

» Pour te faire aimer de moi !... Moi,

» Innocente, ignorante fille,

» Qui ne voulais chose qui brille !

» Ce que je voulais, cœur sans foi,

» C'était ton amour, c'était toi.

» J'étais trop modeste, à ton compte ;

» Et que m'as-tu donné ?... la honte!

» Moi! que ne t'avais-je donné ?

» Pour toi, j'avais abandonné

» Mon vieux père, ma vieille mère,

» Mes frères, mes sœurs, ma chaumière,

» Et mes amis... et ma pudeur !

» Mon innocence!... mon honneur!...

» L'espérance d'être chérie,

» Le peu de biens qu'en cette vie,

» Par grâce Dieu m'avait jeté!

» Je suis lépreuse d'infamie,

» Je suis sèche de pauvreté!

» Vois! qu'as-tu fait de ma beauté ?

» Qu'as-tu fait de mon cœur de flamme?

» Cruel, qu'as-tu fait de mon âme,

» Cruel, de mon éternité?

» Pour payer la mort d'une femme,

» Est-ce trop de son séducteur?

» Non, non ! corps pour corps, cœur pour cœur,

» Homme, ton âme pour mon âme ! »

VIII.

Et les flots de s'amonceler ;

Lui, de se lever, de trembler ;

Elle, toujours de lui parler.

Une vague s'enfle, s'approche,

Se brise, balaye la roche,

Les frappe et les fait chanceler.

Du bord de la plage lointaine,

L'épouse inquiète, incertaine,

Vers eux, vers Dieu poussait des cris,

Auxquels seuls, par des cris de joie

Voltigeant déjà sur leur proie,

Comme de funèbres esprits,

Répondaient les goëlands gris.

Soudain, vainement résistante

Elle aperçoit le chevalier

Saisir cette femme, et ployante

La déposer sur son coursier.

Lui-même eu la vague écumante

Il s'élance..... Elle vit briller

D'abord sur les mers agitées

Leurs têtes et leurs vêtements;

Puis ils sombrèrent par instants;

Puis les vagues du vent fouettées

Les recouvrirent plus longtemps;

Puis, sous ce fardeau de colère

Le coursier succombant enfin

S'enfonça, buvant l'onde amère...

Ils s'agitèrent sans soutien.

C'était l'heure de la vengeance;

La mourante, par la fureur

Ayant ressaisi l'existence;

S'attachant à son séducteur,

Lui dit : « A ton tour de me suivre! »

» — Et ton enfant! — Ah! doit-il vivre?

» Dit-elle, quand sa mère meurt.

» Il est autant que toi coupable !

» Comme toi , c'est lui qui me perd !

» Qu'il roule avec moi sur le sable ,

» Qu'il roule avec moi sur la mer! »

L'épouse les vit en détresse

Tourner dans les flots hérissés ;

Elle tenait deux chiens en laisse,

Deux chiens de montagne ; élancés,

S'agitant, pleurant vers la rive ,

Le poitrail dans l'onde plongé ,

La queue haut, le nez allongé,

Ils flairaient la vague plaintive.

Leurs abois, leurs longs hurlements

Sollicitaient depuis longtemps

Une permission tardive!

Leur collier tombe détaché.

Ils aboient, partent ; du rivage

Vers les naufragés, leur front blanc

Traçant un rapide sillage,

Cingle à travers le flot mouvant ;

Ils plongent, reviennent hurlant,

Et, traînant une lourde masse

Sur qui l'onde passe et repasse.

Ils approchent, et déjà l'eau

Ne soutient plus leur lourd fardeau.

Dans les flots l'épouse s'élance,

Et croit voir s'agiter encor

Les deux corps que l'onde balance.

Elle va, court, touche la mort,

Tombe dans les vagues, se vautre ;

Les chiens hurlent à son côté.

Morts ! morts dans les bras l'un de l'autre !

IX.

D'un cor lointain le son heurté,
Soudain ébranle l'étendue;
C'est une fanfare connue.
Le temps s'était précipité;
Des noirs soucis l'ombre inquiète
Dans le castel avait flotté
Sur les murs brillants de la fête.
Le châtelain épouvanté
Avait ameuté le village.
Tous descendaient sur le rivage,
Car du haut de la tour un page
Sur les bords brillants de la plage,
Au clair de lune avait cru voir
Au loin des ombres se mouvoir,
Puis entendre des cris d'alarmes.
Tous s'empressent, les hommes d'armes,

Les varlets et du chevalier,

Le vieux père sur son coursier.

Ils courent aux cris d'agonie

Que les chiens jettent aux échos.

Passant sur sa face pâlie,

La mer, de l'épouse assoupie,

Semblait caresser le repos ;

Plus loin, embrassés dans les flots,

Dormaient les deux amants sans vie.

On veut les séparer !... Hélas !

Il eût fallu briser leurs bras,

Pour rompre une chaîne fourbie

Jadis dans l'ardeur de la vie,

Rivée à froid par le trépas.

On voyait la femme en désordre

Dans ses bras convulsifs presser

L'homme, et l'homme la repousser.

Ses membres aux membres se tordre ;

Dans l'orbite ouvert de ses yeux
Luire éteint et brûler sans feux
Le spectre d'un regard affreux.
Puis, l'on voyait leurs bouches mordre ;
Elle, ses dents profondément
Entraient au sein de son amant.
Lui, de cheveux sa bouche pleine
Lacérait ses tresses d'ébène.

X.

Un baiser pris presque en dormant,
Des nœuds d'une amour incertaine
Fut le premier lien charmant ;
Le dernier anneau de la chaîne
Fut de l'horreur et de la haine,
L'épouvantable embrassement.

L'ÉPINE ET LA ROSE.

L'ÉPINE ET LA ROSE.

L'épine blanche, un matin de printemps,
Voyait sans fleurs encore et presque sans verdure,
Le rosier son voisin faire triste figure.
    La coquette, depuis longtemps,
    De la beauté, de la nature,
Cherchait à triompher, fût-ce pour peu d'instants.
Elle se regarda, s'admira, d'aventure
Au soleil secoua de sa blanche parure
    Les liquides diamants;

Prit le temps

Que les vents

Portaient à son voisin, avec mainte piqûre,

Sa senteur embaumée, et lui dit : Roi des fleurs,

Ne croyez pas que j'ose

Comparer mes attraits aux beautés de la rose ;

Mais nous sommes toutes sœurs,

Le ciel épand quelques faveurs

Sur la plus humble du bocage.

Entre mille exemples divers,

Vos rameaux qui, fleuris, régneront sans partage,

Aujourd'hui, rabougris, sans parfums, sans hommage,

Sont encore couverts

Du manteau des hivers ;

Vous semblez en veuvage,

Vous n'attirez ni le fou ni le sage,

Près de vous je ne vois s'empresser que l'acier

Du jardinier.

Et moi, votre humble sœur, mes fleurs et mon feuillage

Ont déjà du printemps prévenu le retour ;

Les regards du soleil font-ils naître un beau jour,
Je deviens toutes fleurs, tout parfum, tout ombrage ;

  J'ai mille amants ;

  Au bord des champs,

  J'arrête les passants ;

Tous, pour me dérober quelques branches fleuries,
Se piquent volontiers ; (nous piquons toutes deux...)

  La primevère des prairies

  Et moi, seules aux malheureux

Que blessait la froidure, à la terre en souffrance

  Nous rendons l'espérance,

 Nous annonçons les douceurs de l'été ;

  Je couronne la danse,

  Et je deviens, en votre absence

L'emblème et l'ornement de la jeune beauté.

—Ma belle, répondit l'arbre qui fait la rose,

  L'ambition jalouse expose

  A d'étranges aigreurs.

On voit à vos discours, sans parler de vos mœurs,

Que vous n'êtes pas toutes fleurs.

Que vous soyez jolie, a-t-on dit le contraire ?

Que vous ayez même assez peu de sens

Pour arrêter par l'habit les passants,

Soit. Mais peut-être on plaît moins en voulant trop plaire.

Dieu vous donna, ma chère,

Des épines ainsi qu'à nous,

Non pour accrocher qui vous flaire,

Mais pour piquer la main que porterait sur vous

Un téméraire,

Et pour défendre, à l'avenant,

Ces fleurs que vous offrez, ma sœur, à tout venant.

Quant à ce qui vous monte ainsi la tête,

Que vous fleurissez tôt, et que dans ces bosquets

Avant moi l'on vous fête,

Vous entendez bien mal vos intérêts.

Triste avantage, hélas ! qu'une beauté hâtive !

Bien folle qui vous l'envira !

Si vous parez plus vite cette rive,

Plus vite elle vous oubliera !

Je rends grâces à la nature,

De fleurir plus tard que vous ;

Je régnerai jusques à la froidure.

Tour à tour chacune de nous

N'a que son jour de splendeur éphémère.

La petite primevère

Qui fleurit avant vous, que vos fleurs voient mourir,

Aurait dû vous en avertir.

Nos beaux jours sont comptés par une main avare ;

Elle dépouille tôt ceux que tôt elle pare ;

Dans une longue nuit elle couvre et prépare

Ce qui doit longtemps resplendir ;

Les belles et les fleurs ont la même devise ;

Elle est courte, ma sœur, vous l'aurez vite apprise :

Plus tôt fleurir,

Hélas ! plus tôt mourir !

IMPRESSIONS DE COMBAT.

IMPRESSIONS DE COMBAT.

Serrez ! serrez vos rangs qui s'ouvrent !
Si la mort s'avance à grands pas,
La fumée et le feu nous couvrent ;
Courons, prévenons le trépas !

Au souffle brûlant de la guerre,
Je sens mes cheveux se dresser.
Le danger me parle et m'éclaire,
La mitraille me fait penser.

Mon sang coule sans que je souffre;
Suis-je un homme, un démon, un dieu,
Pour qu'ainsi sur des vents de soufre
M'emporte un ouragan de feu?

A travers ces monceaux humides
De morts et de mourants broyés,
Qui m'enlève par bonds rapides?
Qui me met des ailes aux pieds?

Il semble une pente où je glisse;
Le fer siffle et passe; le plomb
Effleure et fouette ma cuisse;
De Mars c'est le noble aiguillon.

En avant! sans peur affrontée,
La mort, ô mes jeunes amis,
Devant le brave épouvantée,
Rentre dans les rangs ennemis.

J'ai soif de sang, je suis sauvage ;
Poussez, frappez, coupez, brisez ;
Enthousiasme du carnage,
Sens-je des coups ou des baisers ?

LE DÉPART.

LE DÉPART.

Il est parti! Mon Dieu, vous qui donnez la joie,
     Mon Dieu, descendez dans mon cœur;
Car mon cœur est brisé; de douleur mon front ploie,
     Je pleure sans consolateur.

Je l'aime! je l'aime! oh! pour le quitter, mon âme
     Se déchira, saigna longtemps;
Mais pitié, Dieu jaloux! je livre à votre flamme
     Tout mon être comme un encens.

Alors qu'il s'éloignait, le ciel était sans ombres ;
    La nuit monte ; je vois des cieux
Aux plis des monts lointains se mêler les plis sombres ;
    Celui que j'aime est plus loin qu'eux.

Celui que j'aime, il a les yeux d'une colombe,
    Il les tenait baissés sur moi !
De sa bouche limpide une onde aimante tombe,
    Source d'espérance et de foi !

Il a parlé, soudain dans sa prison brûlante
    J'ai senti mon cœur rafraichi ;
Il a passé la main, et ma chair qui fermente
    Comme un jeune lis a blanchi.

L'instant que je le vis, mes forces dérobées,
    Ma froideur, mon pudique orgueil,
Les portes de mon cœur à sa voix sont tombées,
    Pour lui servir comme de seuil.

Ah ! s'il m'était permis d'interroger l'abîme
  De vos ineffables desseins,
Pourquoi disjoindre encor, encor, raison sublime,
  Nos aimantes et pures mains ?

Ses yeux jetaient des feux, sa bouche était en flamme,
  Ses pieds ne voulaient point partir ;
Et nos cœurs adhéraient ; nous nous tenions par l'âme,
  Nous étions prêts à défaillir...

Nos bras étaient tendus, et nos mains avec transe
  Pressaient leur dernier serrement...
Mais éprouvez, frappez l'esprit en sa science,
  Le cœur en son attachement :

Vous ne trouverez point dans mon cœur, dans mon âme,
  Un pli qui vous soit dérobé ;
Vous avez fait d'amour mon pauvre être de femme,
  A l'amour il a succombé.

Mon Dieu, mon souverain, vous que j'aime et j'adore,
　　Je me perds seule en votre amour;
Que je ne sois plus seule à voir rougir l'aurore,
　　Seule pendant l'ardeur du jour,

Seule au soleil couchant qui pleure dans sa gloire,
　　Seule devant l'astre au front blanc,
Seule dans la nuit sombre à redire l'histoire
　　Des légions du firmament.

Que je ne sois plus seule, et qu'un autre m'entende
　　Quand je chante votre œuvre et vous,
Seule, quand j'ai besoin que mon cœur se répande,
　　Seule jusqu'à vos saints genoux.

L'ABSENCE.

L'ABSENCE.

Tu voyages ; les champs, les villes traversées
T'apportent en courant de nouvelles pensées ;
L'univers se déploie et s'agrandit pour toi.
       Et moi ?

Tu vois de nouveaux fruits sous des feuilles nouvelles ;
Leurs bois sont-ils plus verts, leurs campagnes plus belles ?
Nos champs ne sont plus beaux depuis que je les voi
       Sans toi.

Tu vois un ciel plus bleu, de plus tendres nuages,
Un plus ardent soleil, de plus brillants rivages;
Ah! de nos frais vallons souviens-toi! souviens-toi
          De moi!

Tu vois du haut des monts la terre au loin s'étendre;
Tu vois fuyant au loin les grands fleuves s'épandre;
Moi, sur nos verts coteaux, sur nos bords, je ne voi
          Que toi!

Tu vois l'œuvre de Dieu, suis la trace des âges,
A tes yeux les humains déroulent leurs ouvrages,
Car du vaste univers le voyageur est roi;
          Et moi?

Moi! je suis seule!... Ici je me semble captive;
Je sors, je veux rentrer, et je languis oisive.
Que faire? je me fuis... que suis-je? suis-je moi
          Sans toi?

Si je daigne parfois penser, sentir encore,
C'est que loin de moi, loin de ces lieux que j'abhorre,
L'amour brûlant m'enlève avec un doux émoi
      Vers toi !

Sur le tableau du monde, au jour, dans la nuit sombre,
Je cherche un nom, je suis les longs détours de l'ombre;
Je compte quels pays te séparent de moi;
      Et toi ?

Regardes-tu le nord, et dis-tu dans toi-même :
De ce côté des cieux palpite un cœur qui m'aime ?
Sens-tu ton cœur aussi s'élancer loin de toi
      Vers moi ?

Le soir rend ses flambeaux à la voûte étoilée ;
Regardes-tu Vénus à demi dévoilée ?
Oh ! tu me l'as promis : je l'attends, je la vois ;
      Et toi...

Oh ! que, si loin qu'il soit de l'humaine demeure,

Ce phare tous les jours, le soir, à la même heure,

Sur ses rayons secrets nous unisse encor, toi

  Et moi.

INDÉCISION.

INDÉCISION.

Sur la terre des vivants,
Dans le tourbillon du temps,
L'homme passe;
Il voit, il aime, et déjà
Loin de lui ce qu'il aima
Fuit dans l'espace.

Il a quitté son pays,
Où fleurit parmi les ris
        Son enfance;
Son coteau, son frais vallon,
Son clocher et la maison
        De sa naissance;

Il vit les grandes cités,
Leurs splendeurs, leurs voluptés,
        Leur ivresse;
Il vit la terre et les cieux,
Tout ce dont le Dieu des dieux
        Nous fit largesse;

Et la gloire du soleil,
Et de l'astre du sommeil
        Le mystère;
Du sud l'éclat enchanté,
Et la sombre majesté
        Du nord austère,

O mer, tu le caressas,
Contre lui tu hérissas
    Tes tempêtes;
De la foudre et de l'éclair
Il aima les bruits de fer,
    Monts, sur vos têtes.

Vous souvient-il du passé,
Vous, près de qui j'ai poussé,
    Jeunes hommes ?
Sur l'aire épis dispersés,
Dieu seul qui nous a versés,
    Sait où nous sommes.

Nos jeunes destins liés,
Nos luttes, nos amitiés
    De nature...
Sur tes flots prompts à changer,
Monde, on ne voit surnager
    Que l'imposture.

En écoutant les rhéteurs,
J'enviai ces bateleurs
    Sur leur faîte ;
Je brûlai pour vos lauriers
De victoire, ô nos guerriers,
    Et de défaite.

Ce que dure votre amour,
Ce que vos charmes d'un jour
    Ont d'ivresse,
Votre cœur, de passions,
Femmes, vos réflexions,
    De froide adresse,

Je le sais. Instinct, raison,
En moi tout eut sa saison
    Et sa place;
Mais maintenant l'avenir
Pâlit, et le souvenir
    Même s'efface.

Tout ce qui passe a son prix ;
Science, art, jeune Paris,
    Vieille Rome;
Mais notre but est plus haut ;
Ici-bas, chose ne vaut
    Rien que par l'homme.

Chacun me croit indécis,
Et m'offre, et me dit : Choisis
    Quelque chose.
Le papillon du désir
Aux cieux vole sans choisir,
    De rose en rose.

HÉRO.

HÉRO.

Héro veille seule en sa tour,
De crainte et d'espoir palpitante;
La nuit, pour elle, c'est le jour;
Elle interroge l'eau dormante,
Allume un phare pour l'amour,
Et, pour charmer les heures, chante;
Mais son âme sur les flots bleus,
Mais son cœur erre avec ses yeux.

9

« Vient-il, Tritons, des mers lointaines,

» Sur vos écailles de saphir ?

» Nymphes, sur vos liquides plaines

» Le voyez-vous déjà venir ?

» Oh ! de tes orageux domaines

» Sans injure fais-le sortir,

» Et l'amour, Neptune propice,

» Te voue une blanche génisse.

» Ne vois-je pas sur l'autre bord

» Courir des torches menaçantes ?

» Non, c'est Thétis qui brise d'or

» L'azur des vagues frémissantes.

» Dieux ! la lune pure d'abord,

» Se ceint de zones jaunissantes ;

» Et grondant dans ses antres creux,

» Me répond l'abime orageux !

» Lorsque je n'aimais pas encore,

» Ah ! je vous admirais sans peur,

» De l'orage effrayante aurore,

» Terre muette de terreur;

» Maintenant, la peur me dévore;

» Pour vous plus d'échos dans mon cœur;

» Mon cœur n'est plus avec moi-même,

» Il est avec celui que j'aime.

» Dieux! il meurt peut-être; et je puis

» Chanter!... Mes chansons sauront-elles

» Endormir comme mes ennuis,

» L'orage et les yeux infidèles!

» O dieux des mers, ô dieux des nuits,

» Couvrez Léandre de vos ailes!

» Et toi, brise, toi qui m'entends,

» Va lui dire que je l'attends!»

TRADUCTION D'UN GHAZEL.

TRADUCTION

D'UN GHAZEL DE DJELAL-EDDIN-ROUMI,

POÈTE PERSAN DE LA SECTE MYSTIQUE.

Ceux qui vont à travers les sables orageux
Visiter la Caâba, temple apporté des cieux
      Par les anges sur terre,
De loin l'apercevant, tombent agenouillés,
Se hâtent, et de près leurs yeux de pleurs mouillés
      Dévorent chaque pierre.

Mais bientôt ils la voient d'un œil moins étonné :

Ce temple est bien bâti, disent-ils, mais borné;

Ce n'est qu'un temple enfin dans une inculte enceinte,

Et déjà dans le cœur ils regrettent la faim

Et la soif du désert, les périls du chemin

Qui mène de Bagdad à la Mecque la sainte.

Mais un espoir leur reste : entrons dans le saint lieu,

Disent-ils consolés, car nous y verrons Dieu.

      Ils entrent; l'un le cherche

Sous les tentures, l'un sous les dons du sultan,

Et l'autre dans la chaire élevée où l'iman, —————

      Pour prier haut, se perche.

Point de Dieu; deux, trois fois, pleurant de désespoir,

Chacun parcourt encor le temple sans rien voir,

      Puis à partir s'apprête;

Lorsqu'ils touchent le seuil pour la seconde fois,

L'invisible leur parle, et d'en haut une voix,

      Stupéfaits, les arrête.

« Que venez-vous chercher à travers les combats ?

» Venez-vous adorer un temple, un vil amas

» De pierres et de boue, idolâtres infâmes ?

» Quoi ! des yeux de la chair vous espériez voir Dieu ?

» Plus qu'ailleurs il n'est point renfermé dans ce lieu ;

» Il est partout présent, et visible en vos âmes. »

COUCHER DE SOLEIL.

COUCHER DE SOLEIL.

Pourquoi, lorsque je vois dans les flots d'un bleu sombre,
    Dans les flots aux vagues rumeurs,
Vers le rouge horizon le soleil d'or qui sombre,
    Mes yeux s'emplissent-ils de pleurs?

Pourquoi, lorsque je vois s'épandre sur la terre
    Le soir harmonieux,
De mon front qui s'embrase un encens solitaire
    Monte-t-il vers les cieux?

Par son centre attirée, ah ! c'est que ma pensée
    Vers un esprit supérieur,
Sur les plis de la nuit, vole, et longtemps bercée
    Retombe triste sur mon cœur ?

C'est que, dans le foyer de toute pure flamme,
    Mon désir exalté,
Comme ailleurs par les sens, en vain cherche par l'âme
    La pure volupté.

Aussi, les yeux fixés sur la voûte étoilée,
    Entre l'amour et la frayeur,
D'abord mon âme hésite et se sent isolée
    Dans la limpide profondeur ;

Mais bientôt, reflétant en son intelligence
    Le ciel resplendissant,
Elle-même devient un autre espace immense,
    Un autre ciel pensant.

Ah ! pourquoi nous montrer des voûtes éternelles
    L'inaccessible immensité;
Pourquoi brûler, Seigneur, les humaines prunelles,
    D'un rayon de divinité,

Si du séjour promis de votre tabernacle
        Les phares éternels
Ne doivent à jamais être qu'un vain spectacle
        Pour les yeux des mortels ?

Si les vers pour jamais dans nos yeux vont éteindre
    Ce regard qui voyait le beau ?
Si nos yeux sont de ceux qu'à jamais doit étreindre
    La nuit sans astres du tombeau ?

ŻEDDA.

ZEDDA.

CHANSON DE HAREM.

Zedda, sais-tu bien une fleur
Plus jolie et plus parfumée
Que la rose à demi fermée
Qui se penche là sur ton cœur ?

Zedda, veux-tu que je te dise
Un coussin plus mol à mon front
Et plus chaud que la plume grise
Du voluptueux édredon ?

Zedda, sais-tu bien où l'on cueille
Un petit fruit rond plus joli
Que la rouge fraise à demi
Cachée à l'ombre de sa feuille ?

Zedda, sais-tu dans quel verger,
Mieux que le fruit de l'oranger,
L'on aime à presser de la lèvre
Deux mûres qui donnent la fièvre ?

. . . . . . , . . .
. . . . . . , . .
. . . . . . , . .
. . . . , . .

Zedda, sais-tu dans quel trésor
J'ai deux coupes mieux arrondies,
Je tiens deux coupes mieux polies
Que ma plus belle coupe d'or ?

Et de la coupole accomplie
Qui couronne Sainte-Sophie,
Le modèle, sais-tu, Zedda
Où l'architecte le trouva ?

Zedda, devine, je te prie,
Deux collines qui, de bonheur,
Comme celles de la patrie,
Font soudain palpiter le cœur;

Deux collines molles sans mousses,
Secrètes sans ombrages frais,
Dans leur aridité plus douces
Que le doux gazon des forêts;

Zedda, deux collines compagnes,
Qui, comme tremblèrent un jour
A la voix du ciel les montagnes,
A ma voix tressaillent d'amour ?

Zedda, sais-tu, sous ma main lasse,
Quel flot palpite plus joli
Que la vague qui s'enfle et passe
Sous mes rosiers de Scutari ?

Zedd', en quel flot ma lèvre ardente
Plonge avec plus de volupté
Qu'en hiver dans l'eau qui fermente,
Dans le froid sorbet en été ?

Zedda, quel doux flot dans la tête
Verse des rêves enivrants ;
Et dont un indulgent prophète
Permet l'ivresse aux vrais croyants ?

L'AGE DE DISGRACE.

L'AGE DE DISGRACE.

J'étais joli comme un ange
Alors que j'étais enfant ;
Me voici, — comme tout change ! —
Jeune homme et laid maintenant.

Ah ! ma joue était rosée,
Ma peau blanche, mes yeux bleus,
Ma lèvre rouge et pincée,
Mes cheveux blonds et soyeux !

Mais, de mon sombre visage,
Déjà l'éclat s'est flétri ;
J'ai des rides avant l'âge,
Et mes cheveux ont noirci.

Les dames les plus jolies
Voulaient toutes me baiser ;
Leurs mains blanches et polies
Aimaient à me caresser.

Maintenant, les demoiselles
Me fuient en baissant les yeux,
Et pour moi, jusqu'aux moins belles
Ont des regards dédaigneux.

On adorait mes caprices,
On se rit de mon amour ;
On me fait mille malices ;
Peut-être j'aurai mon tour !

Lise, écoute les jolies
Choses que j'apprends... pour toi !
Seule, là-bas tu t'ennuies ;
Viens donc,... fais un pas vers moi !

A pas lents, tête baissée,
Quoi ! sans pitié tu me vois
Errer seul dans la passée
Où nous jouions autrefois !

Aller vers elle ? je n'ose !
Je me sens gauche ;... si,... si
Je lui portais cette rose ?...
Du courage, elle a souri !

SMARAGDI.

SMARAGDI.

CHANSON ARNAUTE.

Smaragdi, la lune dernière,
Je suis venu frais et dispos,
A ta demeure hospitalière
Demander un peu de repos ;

Mais tu m'as fui ; pour que tu m'oses
Offrir l'odorant narguilé,
L'onde et les conserves de roses,
Il faut que je semble accablé !

Ce soir, sur les cheveux humides
Du jeune voyageur poudreux ,
Tu répands tes parfums liquides ;
Sans peur, belle Grecque aux longs yeux,

Tu lui verses ton doux sourire ;
Car tu penses : « J'entends hennir
» Ses coursiers ; ils semblent me dire
» Que pour jamais il va partir.

» A ses yeux je puis être belle,
» Sans danger je puis le charmer ;
» L'heure qui fuit, au loin l'appelle,
» Il n'aura pas le temps d'aimer ! »

Suis-je un évêque au front qui penche,
Qui va visitant son troupeau,
Et dont, hormis la tête blanche,
Tout est déjà dans le tombeau ?

Non ! je suis jeune, ô jeune femme !
C'était trop d'un brûlant regard !
Pour allumer l'amour dans l'âme,
C'est trop du moment du départ !

Non ! je suis un brigand d'Epire !
Ne fuis pas !... Tu trembles !... Pourquoi ?
J'ai juré, jure, et te viens dire
Que tu n'appartiendras qu'à moi !

Pourquoi dissimuler encore ?
Je ne suis point un voyageur.....
Non ! caché, du soir à l'aurore,
Déguisé, le jour, en pêcheur,

Depuis que la fondante neige
M'a rouvert ces monts que tu vois,
Invisible, amoureux cortége,
Toujours je tourne autour de toi.

Je t'aime, ô chrétienne cachée,
Depuis que, dans ta chambre, un soir,
Rêvant, sur un livre penchée,
Allah m'a donné de te voir !

Dès lors, le soir, debout, derrière
Les vieillards assis pour causer,
J'allais te voir, à la lumière
De la pâle lune, danser ;

Quand sur ta trace enchanteresse
Tes compagnes couraient en rond,
Comme Diane chasseresse
Tu les passais toutes du front !

Je t'ai vue au sortir de l'onde,
Les bras relevés, les seins nus,
Tordre ta chevelure blonde ;
J'ai cru voir l'antique Vénus !

C'est toi que mes coiffsiers attendent !
A peine leur trace en passant
Soulève la poudre, ils descendent,
Montent l'Hæmus en bondissant !

Si tu veux être ma compagne,
Comme par l'amour sur mon cœur,
Sur la plaine et sur la montagne
Tu régneras par la terreur.

Mais s'il faut qu'ici je te laisse,
Mon serment ne sera pas vain !
Je laisserai, fille de Grèce,
Mon poignard fixé dans ton sein !

TRADUCTION

DE L'ODE VIII DU IIᵉ LIVRE D'HORACE.

Q. HORATII FLACCI CARMINUM

LIBER II, ODE VIII.

IN BARINEM.

Ulla si juris tibi pejerati
Pœna, Barine, nocuisset unquam;
Dente si nigro fieres vel uno
    Turpior ungui;

Crederem. Sed tu, simul obligasti
Perfidum votis caput, enitescis
Pulchrior multò, juvenumque prodis
    Publica cura.

TRADUCTION

DE L'ODE VIII DU IIe LIVRE D'HORACE :

IN BARINEM.

De tes parjures si l'on te voyait punie
Par un ongle brisé, par une dent noircie,
Barine, on te croirait; mais, sous les faux serments,
Perfide, ton front luit, tu deviens plus jolie,
Et tu fais délirer tout un peuple d'amants.

Expedit matris cineres opertos

Fallere, et toto taciturna noctis

Signa cum cœlo, gelidaque divos

    Morte carentes.

Ridet hoc, inquam, Venus ipsa ; rident

Simplices Nymphæ, ferus et Cupido,

Semper ardentes acuens sagittas

    Cote cruentâ.

Adde quod pubes tibi crescit omnis,

Servitus crescit nova : nec priores

Impiæ tectum dominæ relinquunt,

    Sæpe minati.

Te suis matres metuunt juvencis ;

Te senes parci ; miseræque nuper

Virgines nuptæ, tua ne retardet

    Aura maritos.

A tromper et sa mère en cendres dans son urne,
Et le ciel, et les feux de la nuit taciturne,
  Et les grands dieux du froid trépas exempts,

On triomphe; Vénus, rit de ces peccadilles,
J'en vois rire d'ici les nymphes bonnes filles,
Et le cruel Amour qui sur un roc sanglant
  Sans cesse aiguise un dard brûlant.

C'est pour toi seule enfin que grandit la jeunesse!
De serfs pour toi grandit un nouveau peuple; et nous,
Nous, leurs vieux devanciers qui menaçons sans cesse,
Nous ne pouvons laisser une ingrate maîtresse.

  Tu les fais trembler tous;
  Pour son fils, la craintive mère;
  Pour son or, le vieillard jaloux;
  La jeune épouse un instant solitaire
    Se désespère,
Et croit que tes parfums arrêtent son époux.

LES PYRÉNÉES.

LES PYRÉNÉES.

PREMIER CHANT.

I.

Loin du nord sombre et froid, hôte des bords brillants
Où la nuit tiède suit les brûlantes journées,
Vers Pau la gracieuse, aux abords souriants,
Je revenais du haut des grandes Pyrénées;
A l'heure que le long des sentes détournées
Se glissent les amants regardant autour d'eux,
Seul sur les longs balcons, les tours abandonnées
De ce château jadis éclatant et joyeux,
J'errais, laissant errer ma pensée et mes yeux.

II.

Déjà l'ombre du soir voilant les vertes plaines,
Que le lit d'un torrent traversait desséché,
Au loin se confondaient les formes incertaines ;
A chaque ardent sommet le rayon attaché
Soudain fuyait aux cieux ; par les coteaux caché,
Des monts dominateurs le pied plongeait dans l'ombre ;
Mais un dernier rayon, dont le soleil couché
Du ciel immense encore empourprait l'azur sombre,
Au loin étincelait sur leurs sommets sans nombre.

III.

Dans les airs assoupis le zéphyr attiédi
Ne soufflait plus ces feux et ces brusques volées
De bruits, dont tout fourmille à l'heure de midi ;
Le silence et la paix sur les plaines voilées
Avec la brume blanche et les ombres ailées
S'étendaient ; l'univers semblait s'être arrêté ;

Sur la terre pâlie, aux voûtes étoilées,
Partout, dans ses contacts chacun des sens flatté
Ne trouvait que douceur, mollesse et volupté.

IV.

Les échos, sans troubler l'intime rêverie,
Venaient de loin charmer mon oreille et mourir;
Le souffle frais des vents, ayant, sur la prairie,
Baisé le sein des fleurs que l'ombre fait ouvrir,
M'apportait leurs parfums, et, prêt à s'endormir,
Me caressait de l'aile et glissait en silence.
Tout ce dont ici-bas l'homme pouvait jouir,
Les odeurs et le bruit, les couleurs, la distance,
Tout se fondait au sein d'une harmonie immense.

V.

L'âme se reposait dans un bonheur secret;
Chassant les souvenirs aux couleurs ténébreuses,

Je rentrais en moi-même, et dans mon âme entrait
La paix que j'aspirais dans les ombres rêveuses;
Par degrés mollissaient les volontés fougueuses,
Les craintes s'endormaient; l'espoir et le désir
Balançaient mon esprit sur leurs ailes joyeuses;
Nature, nous allions seuls nous entretenir,
Toi qui peux m'émouvoir, moi qui puis te sentir.

VI.

A l'aspect de la terre, à l'homme il se révèle
Une nature intime, un monde intérieur;
Nature, aussi, profonde, harmonieuse et belle,
Monde, théâtre aussi de combats et d'horreur.
Ses abîmes, ce sont la joie et la douleur;
L'ardeur des passions allume ses orages;
Ses méditations semblent cette vapeur
Qui blanchit et qui monte, et ses amours volages
Fuient comme ces rayons épars sur les nuages.

VII.

Au loin, des monts sortis, quels esprits inquiets,

Aux lieux que j'ai quittés reportant mes pensées,

Les traînent en leur vol de sommets en sommets?

Au-dessus des vallons aux ombres entassées

Que ton souris est beau sur les cimes rosées,

O soleil suspendu! que tes adieux sont lents!

Mais déjà projetant ses teintes effacées

Monte la lune pâle, et les étranges flancs

Des fantastiques monts poudroient de rayons blancs.

VIII.

Dans les jardins, le coing mêle ses jaunes poires

Aux fruits bruns ou dorés du verdoyant prunier.

Là, sous le pampre vert, de longues grappes noires

Pendent; là seul s'étend le reluisant figuier.

L'oranger aux fruits d'or et le pâle olivier

Se marient sur le flanc des collines boisées,

Près des torrents la palme ombrage le rosier ;

Et des flots de verdure au loin tiennent pressées

Mille blanches maisons çà et là dispersées.

IX.

Couronne de la terre, étincelants rideaux

De l'horizon sublime ! à mes regards présentes

Du Mont-Calm d'Andorra jusques à Roncevaux,

Quels mânes glorieux, que d'ombres gémissantes

Planent sur vos glaciers, cimes éblouissantes !

Encore frémissants du choc des nations,

Sommets qui séparez deux rivales puissantes,

Combien de grands tombeaux cachés sous ces grands monts

Et combien de guerriers dormant dans ces vallons !

X.

Vous souvient-il de moi, sympathiques montagnes?

Je vous parcourais seul, de deuil enveloppé !

Je n'aimais plus que vous, ô sauvages compagnes!...

Il est un sentier gris, roide, étroit, escarpé,

Vers un sommet souvent par la foudre frappé,

Le long du noir abîme au fond duquel l'eau gronde,

Il monte; des glaciers un torrent échappé

Roulant sur les cailloux le cristal de son onde,

Le traverse en grinçant vers une eau plus profonde.

XI.

Le matin, je montais; oh! j'entrais dans le ciel,

J'aspirais l'air du ciel! j'habitais les nuages;

J'écoutais le silence étrange, universel;

A peine des torrents, premiers-nés des orages,

Parole du désert, les longs échos sauvages

Des hauts lieux par moments troublaient l'air ébranlé;

Comme le front des monts des brumes de passages,

Soudain mon front brillait de soucis dévoilé;

Triste, j'allais les voir, je rentrais consolé.

XII.

Le soleil éclatait sur les cimes superbes,
Au fond des noirs vallons par les ombres heurtés,
Ses rayons jaillissaient en lumineuses gerbes...
Et j'allais à travers les troupeaux argentés
Vers l'aire où les pasteurs nichent tous les étés.

Là, le pain noir attend qu'un voyageur arrive,
Là, sous des carreaux noirs en un coin abrités,
Près d'où, comme au hasard s'écoule une onde vive,
De lait glacé se cache une source furtive.

XIII.

Je descends, je suis seul; soudain, près du sentier,
J'aperçois sous mes pieds dans le creux d'une roche,
Immobile comme elle, un petit chevrier;
Nous causons; mais au loin, voici venir la cloche
Qui tinte au pas égal du mulet qui s'approche;
Je suis le muletier le long d'un ruisseau bleu :

Aux flancs d'un rocher noir le village s'accroche ;
Là, sur ses trois arceaux la croix marque au milieu
Des chaumières de tous, la chaumière de Dieu.

XIV.

Quelquefois j'accostais une fille jolie
Parmi cent qui brillaient le long du blanc chemin ;
L'une sur sa monture à la housse rougie,
L'autre à pied, sur le front portant un panier plein,
S'en allait au marché, ses souliers à la main.
Parfois je conduisais et la mère et la fille
En rouges *capulets*, au bastringue lointain,
Et nous dansions au son de l'outre qui nasille,
Au claquement pressé de la double coquille.

XV.

Partout, ardeur moresque et française gaîté ;
Tandis que le soleil brûlait comme en Espagne,

D'un feuillage normand l'on semblait abrité ;

Au loin se déroulaient les landes de Bretagne ;

De frimas éternels blanchissait la montagne ;...

Mais soudain, tressaillant, je sentais tressaillir

Dans chaque mouvement de ma jeune compagne

L'énergique mollesse ; au regard du désir,

Son intense regard semblait s'approfondir.

XVI.

Entre les pics glacés des vertes Pyrénées,

Le golfe de Gascogne aux flots tempétueux,

Les sables africains des landes calcinées

Et les murs sarrasins de Perpignan poudreux,

Il naît des passions aux bonds impétueux,

Qui ne laissent enfin que des traces légères ;

Il en naît sur les fleurs, qui, de la paix des jeux,

Dans des convulsions se roulent solitaires,

Et tombent au désert dans de sanglants mystères.

XVII.

Vis-à-vis moi dansait un Basque au *berret* bleu,
Nœud long flottant au cou, courte veste écarlate,
Ceinture aux cent couleurs, culotte noire, nœud
Long flottant aux jarrets, bas blancs, fine savate,
Allure de bandit, visage de pirate;
A ses yeux je voyais d'autres yeux s'allumer;
En dansant, la beauté du jeune Basque éclate,
La Basquaise en dansant semble se transformer;
Tous ils aiment le bal, le bal les fait aimer.

XVIII.

Il était gracieux avec les gracieuses;
Puis, costume basquais, costume de danseurs;
Combien de temps encor sous ces ombres rieuses
De riche sang cantabre élégants possesseurs,
Vous verrons-nous errer? Impatients pasteurs,
A qui pèsent les lois ainsi que l'esclavage,

Aurez-vous si longtemps fait fuir tant d'agresseurs
Pour fuir à votre tour, et sur une autre plage
De votre ardente vie enfin porter l'orage?

XIX.

J'ai vu des antres noirs, dont des flots lumineux
Eclairaient en tombant les retraites intimes;
Des antres où fumaient des ruisseaux sulfureux;
Avec les durs chasseurs, sur le bord des abîmes,
J'ai guetté l'ours qui gronde et cherche des victimes;
J'ai suivi l'isard brun dans son neigeux vallon,
Ce frère du chamois, qui prêt à fuir aux cimes,
Jetant le cri d'alarme à tout son escadron,
Sur la neige un instant dresse son joli front.

XX.

J'ai vu dans une gorge aux pentes tortueuses,
Entre deux monts géants aux bizarres contours,

Au hasard s'entasser des roches monstrueuses.

Sur le bord d'un abîme, entre mille détours,

Les rocs superposés semblaient tantôt des tours,

Et tantôt des débris ; du fond de la ravine

Où, par eux arrêté dans son rapide cours,

Le torrent écumant bondit, gronde et les mine,

Ils montent jusqu'aux pics dont ils sont la ruine.

XXI.

Nous marchions ; à l'entour mille énormes fragments

S'avançaient menaçants sur nos têtes fragiles ;

Sur les monts opposés, arrachant de leurs flancs,

Pour s'en entre-écraser, ces vastes projectiles

Sur la pente aujourd'hui pour jamais immobiles,

Des géants ont-ils donc combattu dans ce lieu ?

De l'Esprit du mal est-ce un des déserts asiles ?

Entrai-je dans un monde, œuvre horrible du feu,

Dont le hasard est l'ordre et la foudre, le dieu.

XXII.

J'aime le noble bruit des cascades sonores ;
Il fait éclore en moi mille pensers féconds,
Il élève mon âme, et, pénétrant mes pores,
Il excite en mes nerfs de généreux frissons,
Comme le bruit lointain du foudre ou des canons ;
Mes entrailles remuent ; j'écoute les génies
De ces eaux en tumulte ; en ces gouffres profonds
J'entends de longs échos, d'étranges harmonies,
Parfois, pour m'appeler, j'entends des voix unies.

XXIII.

J'aime le noble aspect des cascades ; cherchez
Un lac d'azur, ovale, entouré de bois sombres,
Sévère amphithéâtre où percent les rochers ;
Là-bas, sur un monceau de grisâtres décombres,
Au fond du bleu miroir transparent, par les ombres
Et les reflets moiré, plissé par la fraîcheur,

Vers les bords assombri par des arbres sans nombres,
J'aime à voir s'élancer avec cette rumeur
Et blanchir ce long jet d'écume et de vapeur.

XXIV.

Les cimes de cristal en cercle éblouissantes
Au ciel comme des flots lançaient leurs fronts neigeux,
Dans l'air limpide et noir au loin resplendissantes
Les glaces au soleil renvoyaient feux pour feux,
Cieux, éclairez la terre, et toi, terre, les cieux !
Sur ce fond d'azur sombre, à ma vue éblouie
Qui paraît inondé de rayons glorieux ?
Est-ce une forme humaine ? est-ce une fantaisie ?
Est-ce ici le Thabor ? est-ce ici Gavarnie ?

XXV.

O sublimes glaciers, vous reverrai-je encor ?
Et toi, cirque, édifice où du génie, il semble

Que Dieu veuille railler et provoquer l'essor
Par une œuvre modèle et défi tout ensemble !
Dieu, pour que de lutter contre lui l'homme tremble,
Sachant qu'auprès des jeux de la Divinité
Les énormes amas qu'à grand'peine il rassemble
Ne sont que petitesse et que fragilité,
Bâtit ce temple immense à son immensité.

XXVI.

Babels et Panthéons, sublimes cathédrales,
Temples géants de l'Inde aux escaliers sans fin,
Toi qui passes du front tes modernes rivales,
OEuvre de Michel-Ange, approchez ! (dans son sein
Gavarnie à la fois contiendrait votre essaim.)
A l'œuvre des volcans comparons vos structures,
Aux ornements du goût, à l'œuvre de la main,
De la foudre et des vents comparons les sculptures,
Cette voûte d'azur à vos voûtes obscures !

XXVII.

Qui de vous a des murs hauts de treize cents pieds ?

Qui de vous a des tours de treize cents coudées ?

Pour tentures, tombant du haut de ses piliers,

Se balançant, tantôt par la brise attardées,

Tantôt précipitant leurs flottantes ondées,

Des cascades où rit parmi les flocons blancs

L'iris aux sept couleurs dans la moire brodées ?

Qui de vous a pour orgue un concert de torrents,

Et le long de ses nefs des orages roulants ?

XXVIII.

Dans laquelle de vous va-t-on au sanctuaire

Par des murs de cristal, limpides, transparents,

Et parvient-on, charmé, dans un lieu de mystère

Sous des voûtes d'azur et de reflets changeants ?

Dans laquelle de vous des yeux intelligents

Croient-ils confusément atteindre à la limite

Du réel et du vague, et dans les flots croulants
Voir l'Être élémentaire, imaginaire ermite,
Fermer avec fracas sa caverne interdite ?

XXIX.

Vienne celle dont seuls les volcans soulevés
Aient pu superposer les assises de pierre,
Celle dont le déluge ait lavé les pavés,
De la création qui date sur la terre,
Celle qui du portail, prolonge au sanctuaire
Une nef d'une lieue, où lançant vers les cieux
Des toits étincelants de blancheur, de lumière,
Se fasse dans l'azur, de feux croisés aux feux,
De ses propres rayons, un dôme radieux !

XXX.

Adieu, temple géant, structure indestructible,
Qui, tel que je te vois, depuis le premier jour

Subsistes, et qui tel, immuable, insensible,

Divin, subsisteras jusqu'au lointain retour

Du déluge qui doit pour un nouveau séjour

Repétrir ce vieux monde usé qui se dévore !

Digne d'être admiré, digne presque d'amour,

Je te fuis désirant te revoir chaque aurore,

Je pars, et mon désir, c'est de te voir encore !

XXXI.

Je t'aime ; mais à toi, colossal immortel,

Qu'importe mon amour ? ah ! la neige prochaine

Effacera mes pas de ton sol éternel ;

Entends-tu la rumeur qu'ils font sur ton arène ?

Je dirai ta grandeur sur la terre lointaine !...

Mais que t'importe, ô roi des échos suspendus,

Ce qu'en passant exhale une si faible haleine,

Et chante un vers de qui bientôt le bruit confus

Comme déjà pour toi, pour tous ne sera plus.

XXXII.

Enthousiastes, fous, savants, vrais et faux sages,

Grands du monde emplissant les airs d'un vain émoi,

Tous voulant t'occuper du bruit de leurs hommages,

Tu les as renvoyés, dédaignés comme moi.

Aux puissants, aux arts, qu'est-ce en effet que tu doi ?

Les peintres qui recréent, partout rendent présente

La beauté des aspects du monde, devant toi

Je les ai vus briser leur brosse frémissante

Et pour l'immensité leur palette impuissante.

XXXIII.

Demain comme aujourd'hui, le soleil dorera

Tes éclatants glaciers ; de tes blanches cascades

Le ruban argenté sur les vents flottera,

Et le bruit des torrents à travers tes arcades

Semblera rire encor des efforts, des bravades

D'un atome affairé, fou de rapidité,

S'efforçant d'exister un peu plus par saccades,
Qu'en restant comme toi dans l'immobilité,
Indifférent, et sûr de ton éternité!

LES PYRÉNÉES.

CHANT DEUXIÈME.

I.

Rentrons! l'orage gronde et dans ces lieux sauvages
La foudre lance au loin les débris des sommets ;
Sur les pointes des monts roulent les noirs nuages,
De rougeâtres vapeurs fument dans les forêts;
L'éclair siffle, bondit, éclate; de plus près
Tonnant, autour de nous tournent des bruits sans nombre,
Les sommets sont en feu; le granit, les cyprès
D'un fond bleuâtre ardent se détachent en sombre;
Soudain la grêle tombe, et tout se perd dans l'ombre.

II.

Fuyons les bois chenus qui soutirent les feux.
Entrons en nous baissant dans la noire cabane,
Où le pin odorant brûle en un coin fumeux.
Béarnais, chante-nous en ta langue romane
Un récit de Henri, quelque conte de Jeanne!
Tu nous les as tous dits? — Alors, jusqu'au retour
Du beau temps, dans ses chants où la voix longtemps plane
Echos profonds du cœur, le Basque, tour à tour,
Nous chantera la mer, les combats et l'amour.

III.

Le Basque se leva; sa jambe nue et noire,
Son bras maigre, de nerfs, de muscles anguleux
Se laboura soudain; il chanta son histoire;
Les éclairs allumaient des éclairs dans ses yeux;
Aux rougeâtres reflets des broussailles en feux,
Sa face rappelait d'autres sinistres faces

Qu'on rencontre, la nuit, dans ces *ports* ténébreux
Où la lune éclatant sur les blanches surfaces
Laisse noire planer l'ombre sur les crevasses.

IV.

Contrebandier l'hiver, guide pendant l'été,
Dans des lieux inouïs, fourrés impénétrables
Où s'étend des forêts la vierge opacité,
Sur les rochers noirs d'où, dans les torrents flottables,
L'on lance, l'on dirige, à l'aide de longs câbles,
L'arbre qui bravera l'Océan déchaîné,
L'arbre dont, en tonnant, les échos formidables
Avec l'explosion qui l'a déraciné,
Ont annoncé la chute au désert étonné,

V.

Il venait de conduire un hôte de la ville.
« Pour les plus riches champs, pour tout l'or de Paris,

» Je ne quitterais pas ma montagne stérile, »

Disait-il. — L'étranger ayant d'ailleurs appris

Que d'une Béarnaise il paraissait épris,

Répondait que l'amour l'attachait à son bagne.

« Puis, la femme est légère, ajoutait-il ; tu ris ;

» Mais, si je proposais ma main à ta compagne,

» Elle laisserait là le Basque et la montagne. »

VI.

Ils revenaient alors ; des hauteurs d'Argellez,

Lumineuse d'abord, ils voyaient la vallée

En la profondeur bleue aux incertains reflets

S'enfoncer, puis, des monts la sévère assemblée

De plus près noircissant et la tête voilée,

Leur froncer le sourcil ; ils marchaient, en quittant,

De sauvages aspects cette gorge peuplée,

Où, contre les rochers et le *gave* luttant,

La route s'insinue et monte en serpentant.

VII.

En face de ces monts aux fronts de roche noire,
De blancs ruisseaux d'écume en tous sens sillonnés,
Diaprés de tapis d'émeraude et de moire; —
Sur le bord déchiré des abîmes cernés
Où l'eau gronde invisible, où les flots entraînés
Lancent leur nappe bleue en l'écume tonnante, —
Sur le bord des bassins où dans des rocs veinés
Le torrent étendu, surface transparente,
Semble un lac assoupi sous une ombre dormante, —

VIII.

Dans l'air pur qui d'en haut mêle pour les poumons
La fraîcheur des glaciers aux parfums énergiques
Des fleurs de l'ombre, fleurs dont au fond des vallons
Le soleil pénétrant en gerbes magnifiques
Ne touche qu'un instant les corolles pudiques, —
L'œil sur un noir ravin, repaire anfractueux

Qui, fendant jusqu'au pied les sommets granitiques,

L'hiver, lit déchiré d'un *gave* impétueux,

Est obstrué l'été d'arbustes monstrueux,

IX.

Le Basque s'arrêta; devant l'aspect sublime,

Il dit à l'étranger : « Celle qui peut quitter

» Ces monts aériens, le ciel qui les anime,

» Pour un toit étouffé; qui, pouvant habiter

» Ces palais de verdure, est capable d'opter

» Pour tes lambris dorés, infidèle bergère,

» Qu'elle parte; son cœur pour toi peut palpiter';

» Je n'en réclame rien; elle m'est étrangère;

» Elle fut mon amour!... la montagne est ma mère. »

X.

L'ardente jalousie en ses yeux éclatait;

Et sa voix soutenant la longue psalmodie

Tantôt traînait les mots, tantôt précipitait
Des paroles de feux, et vibrait agrandie;
Il s'assit; sa chanson par nous fut applaudie.
Sa poitrine s'ouvrait aux bruits passionnés;
Mais un Roussillonnais resta roide d'envie,
Et de deux Béarnais à demi détournés
Un sourire plissa les lèvres et le nez.

XI.

Ils savaient le conteur las de sa fiancée,
De sa rude montagne et de sa pauvreté;
De vains espoirs lointains son âme errait bercée;
Seul, il devait, — le jour en était arrêté, —
Traverser l'Océan vers un climat vanté;
Pour elle il attisait une flamme étrangère,
Tendait lui-même un piége à sa fidélité;
Des serments éternels, une femme légère
Souvent absout ainsi la durée éphémère.

XII.

Les hommes du Nord font des discours calculés,
Des actes réfléchis, le tissu de leur vie;
Chez eux, les sentiments avec soin sont voilés;
Ils feraient deviner sous cette trame unie
Les mouvements secrets dont l'âme est assaillie.
Mais, par les sentiments, comme en des tourbillons,
Les hommes du Midi, l'âme toujours ravie,
Même sous les écarts, le feu des passions,
Cachent le froid dessein de leurs réflexions.

XIII.

Mais sous l'horizon pur le soleil va descendre;
Les cieux, de sombre azur, de flocons empourprés,
De roses éventails, de jaune et de vert tendre,
De tons violacés sont partout diaprés;
Le disque d'or penché sur les sommets marbrés,
Rayonne entre les monts qui lancent vers la nue,

A travers les forêts, leurs cônes déchirés;
Entre eux comme un berceau la vallée étendue,
De lumière paraît éclairée et tendue.

XIV.

Et fixant les regards sur l'espace vermeil,
Au-delà du rideau des montueuses chaînes,
Comme les flots des mers, je voyais au soleil,
Dans un autre océan, dans les brillantes plaines,
Etinceler les toits, les fenêtres lointaines.
Ici par un trait noir, là, par un trait poudreux,
Je distinguais les bois des stériles arènes;
D'un excès de lumière un horizon brumeux
Dans ses plis confondait les terres et les cieux.

XV.

De l'orient bruni voici que descend l'ombre,
Avec elle des monts descendent les troupeaux;

Le long des sentiers gris, sur l'herbe verte et sombre

S'étend leur blanche file ; arrêtés près des seaux

Où la mamelle va verser ses blancs fardeaux,

Ils mugissent longtemps ; chaque pasteur s'empresse,

Trait le lait écumant, le porte près des eaux ;

Le peuple ruminant va, se couche, se presse,

La nuit vient ; le sommeil commence, le bruit cesse.

XVI.

Notre plateau devient, dans les brouillards roulants

Qui du fond des vallons remontent et s'épandent,

Un promontoire au loin baigné par les flots blancs

D'un fleuve débordé que seuls çà et là fendent

D'étranges rochers noirs qui sur les ondes pendent.

Mille bruits étouffés s'exhalent des vapeurs ;

A genoux, les pasteurs longtemps au loin suspendent

Le sommeil des échos ; leurs pieuses clameurs

Prolongent dans la nuit la veille de leurs cœurs.

XVII.

Dans une gorge au loin en l'ombre ensevelie

Résonne encor la loure aux accents nasillards ;

C'est le rappel du soir, bizarre mélodie

Que jette le pasteur à ses troupeaux épars.

Mais nous dont les troupeaux sommeillent, sans retards

De vallon de Héas saluons la madone,

Et, pour chasser les loups, et les esprits hagards,

Gardons que notre lèvre au sommeil s'abandonne

Sans presser les débris du roc qui fut son trône.

XVIII.

Car un jour, deux bergers, morts depuis bien des jours,

Trouvèrent sur un roc, dans ce vallon de cendre,

De la reine des cieux la statue en atours ;

Or, d'où, sinon du ciel, pouvait-elle descendre ?

De *Luz* la foule vint avec pompe la prendre ;

Mais la Vierge voulait dans Héas se cacher ;

Le lendemain matin, elle semblait attendre
Les deux mêmes pasteurs sur le même rocher :
Dans Héas il fallut lui bâtir un clocher.

XIX.

Prions-la, car, la nuit, dans la montagne sombre
Les grands rochers noircis paraissent s'avancer ;
Un météore ardent en l'abîme plein d'ombre
Descend, brille et l'éclaire avant de s'effacer ;
A sa lueur mobile, on croit voir se glisser
Le long des rocs mouvants des larves purpurines,
Des feux vivants courir et des ombres passer ;
Des peuples monstrueux animent les ravines,
Des formes de l'enfer remuent dans les ruines.

XX.

Les échos des torrents dans le calme des nuits
Retentissent ; dans l'air, les cascades lointaines

Répandent par instants des cascades de bruits ;

Là-bas l'on entend fuir de furtives haleines ;

C'est l'Esprit qui le long des pentes incertaines

Fait trembler du bandit les regards et les pas ;

Sur le pâtre égaré, c'est l'Esprit qui déchaine

Les éclairs et les vents, et presse les éclats

Du foudre qui bondit autour des *couilas* [1].

XXI.

Avec les noirs esprits, avec les blanches fées,

Mille vieux souvenirs habitent ces vieux monts ;

Seul, écoutant du soir les rumeurs étouffées,

Sur ces pics qui poudroient et qui des noirs vallons

S'élancent, au milieu de ces glaciers profonds,

Je crois voir se dresser les formes incertaines

Des châteaux enchantés des antiques chansons,

Et mon esprit, épris des belles châtelaines,

Vole et va se poser sur les roches lointaines.

[1] Cabane de berger.

XXII.

C'est ici Roncevaux ! Comme les flots croulants
Qui bondissent en vain sur l'éternel rivage,
Ici s'est arrêté l'effort vaincu des Francs ;
Ces noirs rochers épars tombaient dans le carnage ;
Dans le tressaillement de ce lointain feuillage,
La mêlée aux cent voix semble frémir encor ;
D'un guerrier je crois voir, sur ce léger nuage,
L'ombre triste, penchée, entendre, avec effort,
Dans ce soupir des vents mourir le son d'un cor.

XXIII.

L'ardente ambition comme la ruse obscure,
Les chevaliers, les rois, les peuples, tour à tour
Ont voulu niveler ce mur de la nature ;
Vainement aux combats, vainement par l'amour
Notre sang s'est mêlé. Nouveau Roland, un jour
Devenu Charlemagne, enfin de tes royaumes

Tu croyais effacer ce vieux mur sans retour .

En perçant les rochers dispersés en atomes ;

Les monts pyrénéens sont dans le cœur des hommes.

XXIV.

Ainsi, rêveur, devant l'horizon spacieux,

Devant les gouffres noirs, devant les monts sublimes,

Je m'oubliais, sans voir le temps silencieux,

Avec l'éclat du jour, fuir les brillantes cimes.

L'âme, de ces hauteurs, voit des choses intimes ;

Devant le sol plus vaste et le ciel plus profond,

Elle entre plus avant dans ses propres abîmes ;

A ses terreurs, au bord de l'abîme sans fond,

Le doute croit entendre une voix qui répond.

XXV.

Avez-vous jamais vu, des sommets de Baréges,

A peine au loin perçant l'immense obscurité,

14

Confusément pâlir des surfaces de neiges ?
Sur des abimes d'ombre, il semble, de clarté
Des lambeaux suspendus. Puis, dans l'immensité
De la profonde nuit, au loin, sur un bord sombre,
Comme du fond obscur d'un antre, reflété,
Trembler un demi-jour, et poindre une pénombre ?
La lumière à demi se séparer de l'ombre ?

XXVI.

La terre semble au loin s'arrondir sous les pieds ;
Le jour, incessamment s'élevant dans l'espace,
Sur la terre s'étend ; d'abord les hauts glaciers,
Les monts et les coteaux, puis la plane surface
Se détache à demi de la confuse masse ;
Puis, de l'ombre tout sort ; déjà le jour plus pur
Envahissant les cieux qu'à demi l'œil embrasse,
Les astres par degrés pâlissent dans l'azur,
Et la nuit se replie à l'occident obscur.

XXVII.

Puis l'horizon revêt mille teintes ignées ;
Et de rose et d'azur les glaciers d'alentour
Se teignent ; au front blanc des hautes Pyrénées
Soudain un trait de feu de l'horizon accourt ;
Chaque sommet touché resplendit à son tour ;
Il éblouit mes yeux ; sous leurs neigeuses tentes,
Mille pics éclairés répercutent le jour ;
La lumière en rayons coule le long des pentes ;
Les glaciers ont dressé leurs vagues écumantes.

XXVIII.

Par degrés l'ombre fuit des vallons, des halliers ;
La forme reparait, le contraste avec elle ;
Les obscures forêts, les éclatants glaciers,
L'immuable rocher, la verdure nouvelle ;
Toute fleur se réveille et tâche d'être belle ;
Mais déjà dans les cieux le soleil est monté ;

La plaine lumineuse et lointaine étincelle ;
La vie et la splendeur sort de l'obscurité ;
Du néant ténébreux, le monde et la beauté.

XXIX.

Je me sentais renaître avec la terre entière ;
Mes membres s'échauffaient par le progrès des feux,
Mes yeux heureux de voir s'accroître la lumière,
A mille émotions mon cœur s'ouvrait joyeux ;
Mais, au premier rayon qui me frappa les yeux,
Devant la majesté de ce sublime ouvrage,
Devant la terre immense et les immenses cieux,
S'inclina mon esprit, et mon cœur sans langage
Adora longtemps Dieu dans sa plus belle image.

XXX.

En ce sublime instant, je compris l'Orient,
L'Amérique invoquant cet astre magnifique ;

Oui, l'adoration du feu vivifiant

Doit des cultes humains être le plus antique.

Immobile et glacé dans la nuit fantastique,

J'ai compris le sauvage en son frêle séjour

Inhabile à chasser et le froid qui le pique,

Et l'ombre qui l'enchaîne, enfin, du feu, du jour,

Par d'étranges transports saluant le retour !...

XXXI.

Et sur les monts brillants, dans les sombres vallées,

Solitaire, j'errais. Ce n'est qu'en voyageant

Que jouissent encor les âmes isolées ;

L'homme sans soins de cœur est tout intelligent ;

Il effleure un objet et jouit en changeant.

Mais s'il faut sous un toit qu'il demeure et s'arrête,

Fût-ce en un palais d'or, au prix d'un mont d'argent,

L'homme n'a point de lieu pour reposer sa tête,

Qui sur un sein aimant au besoin ne la jette.

XXXII.

J'errais pensif le long des flots bleus nuancés,
Regardant Saint-Sauveur des rives opposées;
Sur les hauts rochers noirs dans les arbres pressés,
D'où s'échappent des eaux en leur chute brisées,
Où, comme dans un nid ses maisons sont posées,
Sur les balcons de bois couraient des bruits joyeux;
Je pensais : sur la rue, il se montre aux croisées
Bien des jeunes beautés aux goûts capricieux,
Aux membres amollis, aux nerfs séditieux.

XXXIII.

Loin de l'ennui du toit, du foyer monotone,
On se retrempe ici dans la variété;
La mollesse s'anime et devient amazone;
Loin des soins de famille et de société,
De la montagne on vient goûter la liberté,
Respirer le grand air; l'imprévu, l'éphémère,

Sont les dieux des chemins de ce bord enchanté ;

Secouons des cités la pesante atmosphère

Où l'esprit s'alourdit, le cœur même s'altère.

XXXIV.

Et mille frais tableaux, mille aspects imprévus,

Soudain rendent à l'âme un essor juvénile ;

Le cœur bondit d'élans depuis longtemps perdus ;

L'air, du corps rafraîchi chassant l'ardeur fébrile,

Aiguise l'appétit et dans les nerfs instille

Cet actif sentiment de force et de santé,

Dont, dans l'épuisement des soucis de la ville,

Dans les nuits sans sommeil, les jours sans liberté,

L'homme, depuis longtemps, n'avait plus palpité.

XXXV.

Il ne vient en ces lieux que de jeunes malades ;

Il n'est qu'un seul docteur, il le faut bien choisir ;

C'est l'amour; au repos, aux saines promenades,

L'eau chauffée au volcan aide, et naît le désir.

Le médecin prescrit quelques grains de plaisir.

Par lui seul toute chose ici fut disposée

Pour faire travailler le remède à loisir,

Tout, et la rue étroite et la large croisée

Regardant de si près la fenêtre opposée,

XXXVI.

Et ce petit espace, où, vers le frais du soir,

L'heure épicurienne où gaîment l'on digère

Ramène chaque jour, où l'on aime entrevoir

Sur des traits inconnus voltiger le mystère,

Tandis que le soleil, à travers la clairière,

Sous ses rideaux pourprés, mêlant au bleu soyeux

De ses jaunes rayons la teinte moins légère,

Verdit l'air, et, brûlant, jette du fond des cieux

Ses mourantes lueurs sur la langueur des yeux!

XXXVII.

Mais moi, je n'aime pas, et personne ne m'aime
Dans ces lieux où l'on dit que tous trouvent l'amour.
Rêveur, des sentiments je m'élève au problème,
Du fond du noir abîme, à l'aire du vautour;
L'amour que j'aime, ici ne fait point son séjour;
La candeur, l'innocence ici sont des grimaces;
La pudeur rougissante est un fard, un atour,
Toutes ces belles fleurs, l'œil peut suivre les traces
Qu'après eux les plaisirs ont laissé sur leurs grâces.

XXXVIII.

Non, il n'a pas de lieu pour reposer son front,
Il n'a point de foyer, il n'a point de patrie,
Celui qui ne peut pas, quand le souci le rompt,
Le soir, au sein aimant d'une femme chérie,
Appuyer en secret sa tête endolorie,
Ou se réfugier dans un ciel de douceur

Où seul l'amour l'attend ! Connaissent-ils la vie
Les hommes qui n'ont pas dans le sein d'une sœur
Epanché de leurs jours la joie et la douleur ?

XXXIX.

De son bonheur futur, de sa future vie
Le jeune homme en lui porte une part seulement ;
Quand le cœur est formé, l'âme se sent ravie
Vers un être idéal, l'âme à son complément
S'élance avec ivresse, avec tressaillement.
Celle qu'on doit aimer, céleste image, semble
Dès l'enfance gravée au fond du cœur aimant.
Une femme paraît, l'on est ému, l'on tremble ;
Au modèle adoré cette femme ressemble.

XL.

Avec elle, en son temps, sur les monts de l'espoir,
Dresser sa tente à l'ombre, en paix monter sa lyre,

C'est l'œuvre du matin, c'est le repos du soir,

C'est ce qui peut tenir de bonheur, de délire

Entre les premiers pleurs et le dernier sourire.

Que peut-on désirer alors qu'on est aimé ?

Alors qu'on aime, encor se peut-il qu'on désire ?

Non ! ce n'est pas le ciel, tout n'est pas consommé,

Mais ce n'est plus la terre, ô mon cœur enflammé !

XLI.

Chacun n'a qu'un amour à cueillir sur la terre ;

Sur le secret modèle en notre cœur caché

Un seul être est formé ; s'il n'est qu'une chimère,

S'il ne se trouve pas, longtemps, au loin cherché,

Avec d'autres un jour, au dehors épanché,

Dans l'ivresse stupide et le brutal délire

On l'oubliera peut-être, et le cœur desséché,

Sans savoir ce qu'amour et bonheur voulaient dire,

Enfin l'on mourra seul, en affectant d'en rire.

XLII.

De tant d'espoirs brûlants rencontrez-vous l'objet,
L'unique diamant, la perle précieuse,
Ah! s'il faut l'acheter, vendez tout sans regret;
La poursuivre, crevez la cavale fougueuse;
L'atteindre, jetez tout dans l'onde aventureuse;
Tirez, tirez le fer s'il la faut conquérir;
Mais ne voir que passer son ombre vaporeuse!
Loin, loin d'elle à jamais mieux eût valu souffrir;
Après l'avoir perdue, on n'a plus qu'à mourir.

QUINZE ANS.

QUINZE ANS.

Je suis belle,

J'ai quinze ans ;

Tout un essaim d'amants

Poursuit mon cœur rebelle.

On dit l'un fort instruit ;

L'autre a beaucoup d'esprit ;

L'un, outre la noblesse,

A la beauté du corps, et l'autre a la richesse.

Le cinquième à cheval,

Pour la grâce n'a pas d'égal ;

Il court, chasse sans cesse ;

Il a, dit-on,

Les plus beaux chevaux et... la plus belle maîtresse.

Dans le monde, on le trouve donc

Un vrai modèle de bon ton.

On me conjure, on me flatte, on me presse ;

Mais, moi, toujours ma bouche avec mon cœur répond :

Non!...

Ma cousine Antoinette

Aime autour d'elle à les voir foisonner ;

Mais, moi, je ne suis pas coquette ;

Je les compare à la mouche indiscrète

Qui, pendant ma toilette,

Sur mon cou frémissant vient sans fin bourdonner.

La science me plaît, j'estime la richesse,

J'adore la beauté, l'esprit et la noblesse;
Pour les chevaux j'ai même une noble faiblesse...

Tout ce que vous voudrez, messieurs les amoureux,
    Je ne refuse rien, pas même...
Ce que vous n'offrez pas, ce qu'avant tout je veux,
    Un cœur qui m'aime!

TRADUCTION DE TH. MOORE.

THOMAS MOORE'S

" LAST ROSE OF SUMMER. "

'Tis the last rose of summer,
   Left blooming alone ;
All her lovely companions
   Are faded and gone ;

No flower of her kindred,
   No rosebud is nigh,
To reflect back her blushes,
   Or give sigh for sigh !

TRADUCTION DE TH. MOORE,

" LAST ROSE OF SUMMER. "

De l'été la dernière rose,
Seule, seule, restée en fleurs,
A vu se faner, jeune éclose,
Et passer ses charmantes sœurs.

Plus de voisine toujours tendre,
De sa rougeur prête à rougir ;
Plus de bouton prêt à lui rendre
Sans cesse soupir pour soupir !

I'll not leave thee, — thou lone one ! —
    To pine on thy stem ;
Since the lovely are sleeping,
    Go sleep thou with them ;

Thus kindly I scatter
    Thy leaves o'er the bed
Where thy mates of the garden
    Lie scentless and dead.

So soon may I follow,
    When friendship's decay,
And from Love's shining circle
    The gems drop away !

When true hearts lie withered,
    And fond ones are flown,
Oh ! who would inhabit
    This bleak world alone ?

Ah! sur ta tige solitaire,
Te laisserai-je dépérir?
Les belles dorment sur la terre,
Avec elles va, va dormir.

Une main amie éparpille
Tes feuilles sur ces lits communs,
Où tes compagnes des charmilles
Gisent sans vie et sans parfums.

Ainsi, mes amis, dans la tombe,
De près je veux vous suivre un jour,
Avant que les perles ne tombent
De la couronne de l'amour.

Quand les amis sont en poussière,
Quand les amours sont au linceul,
Dans la froide nuit de la terre,
Oh ! qui voudrait habiter seul ?

L'HIVER.

L'HIVER.

La neige blanchit les prairies,
Les verts sentiers de l'Epinai
Où s'égaraient mes rêveries
    Ce mois de mai.

Sur les fleurs de mon espérance
Le doute souffle un vent glacé ;
Mon avenir pâle s'avance
    Comme un passé.

La confidente bien-aimée

De mes désirs, de mes douleurs,

L'onde à couler accoutumée

    Parmi les fleurs,

Sous les glaçons, ses flots frémissent

Poussant des flots embarrassés,

Et fuient.des bords qui se hérissent

    De flots glacés.

La terre entière ensevelie

Sous le blanc linceul de l'hiver

Au loin se tait ; seule en furie

    Bruit la mer.

Ma voix s'éteint ;... un souffle effleure

Encor mon luth jadis vainqueur ;

C'est le souffle et dernier leurre

    De ma douleur.

Et je dis à la froide neige :
La tiède haleine du zéphyr
Va souffler, mais moi reverrai-je
    Les fleurs fleurir ?

Pour moi, sur la neige endurcie
La tiède haleine que j'attends,
Viendra-t-elle souffler la vie
    Et le printemps ?

Non ! froid et triste et sans feuillage
L'arbuste étrange est condamné
A mourir seul sur un rivage
    Abandonné.

Je vais mourir, plante inféconde ;
Ton souffle seul, toi qui me fuis,
Pouvant faire en moi monter l'onde
    Qui fait les fruits !

Un plus brillant climat t'appelle ;
Tes yeux seuls étaient mon ciel pur ;
Ange ! emporte au loin sur ton aile
  Mes cieux d'azur !

Laisse, laisse-moi mon ciel sombre !
Que m'importe, ton jour absent,
Ou l'ombre de la vie ou l'ombre
  Du monument ?

Un vain espoir, une folie
Fit longtemps palpiter mon sein ;
J'ai cru ton bonheur, mon amie,
  Dans mon destin.

Sois heureuse sans moi ! qu'importe ?
Je vais mourir ; pour toi qu'aux cieux
Ma dernière espérance emporte
  Mes derniers vœux !

Pourtant, faut-il sous la prairie
Descendre sans rien conquérir ?
Sur le seuil brillant de la vie
   Faut-il mourir ?

LE TOMBEAU.

LE TOMBEAU.

Sur mon front se levait, au temps des fleurs nouvelles,
    Cet âge où, frémissant d'espoir,
    Le jeune homme commence à voir
    Que les jeunes filles sont belles.

Plein de tressaillements, de voluptés, de pleurs,
    J'écoutais dire que la vie,
    Une première amour cueillie,
    N'offrait plus que de pâles fleurs.

Cette première fleur, cette première belle
   M'apparut aussi ; de bonheur
   Je tremblai, je sentis mon cœur
   Mourir de volupté près d'elle.

Frêle, pâle, mon Dieu, quelles suavités
   S'exhalaient de ses tresses blondes !
   O lèvres douces et fécondes
   En mélancoliques gaités !

O troubles ravissants de l'amour qui s'ignore !
   Premiers feux qui brûlent le cœur !
   Ivresse et première pudeur !
   Premiers projets que l'espoir dore !

Sous les arbres, premiers entretiens sérieux !
   Luttes de désir et de crainte !
   Des doigts tremblants première étreinte !
   Premier échange de cheveux !

Las ! aimée et perdue !... après dix ans d'absence,
    Je viens encore te pleurer ;
    Car je ne puis me séparer
    Des souvenirs de mon enfance.

Pour toi seule longtemps j'ai dormi, j'ai veillé ;
    La nuit tu traversais mes rêves ;
    Le jour tu traversais les grèves
    Où je rêvais tout éveillé.

Qu'êtes-vous devenus, mes rêves, mes années ?
    Jeunesse, tu ressembles fort
    A ce couvercle de la mort
    Tout jonché de feuilles fanées.

Il est bon de venir au bord de ce fossé,
    De l'avenir où l'on s'élance
    Mesurer la longue espérance
    Au court aunage du passé !

Il est bon de s'asseoir sur ces funèbres mousses

    Dont sa pierre a déjà noirci ;

    Les larmes sont douces ici,

    Et les réflexions sont douces.

CANTIQUE.

CANTIQUE.

Tous ceux qui cherchent sur la terre
Les consolations qu'on ne trouve qu'aux cieux ;
Tous ceux qui scrutent le mystère
Où l'orgueil de la chair se crève en vain les yeux ;
Tous ceux qui consument leur vie
A creuser ici-bas les sources du bonheur,

Tous mourront comme meurt l'impie,
Tombant des maux du temps dans l'éternel malheur !

Malheureux l'homme qui repousse
Loin de son cœur le Dieu d'amour ;
Il séchera comme la mousse
Exposée aux regards du jour.
Insensé ! la source bénie
D'où jaillit le Verbe de vie
Fut sa risée et son mépris ;
Il a fui l'ombre salutaire
Où le Bon Pasteur désaltère
Et pait ses fidèles brebis !

Mais le superbe en sa sagesse
Cherche son unique conseil,
Monte, regarde au loin, se dresse,
Et trouve un lieu près du soleil.
Des monts il habite la cime ;
Déjà son front qu'il croit sublime

Veut se jouer avec les vents ;
Le sol conspire sa ruine,
Et, brisant sa sèche racine,
La tempête lui dit : Descends !

J'ai vu les hommes et les femmes
Ligués contre leur Créateur ;
Un seul esprit poussait leurs âmes,
Un seul amour brûlait leur cœur.
Cet esprit,... esprit de ténèbres !
Cet amour,... les haines funèbres
Sortaient en sifflant de ses feux !
Ils roulaient d'abîme en abîme ;
Mais entassant crime sur crime,
Ils croyaient emporter les cieux !

D'autres blâmaient cette furie,
Et dans le désordre prudents,
Cherchaient dans une sage orgie
Des jouissances sans tourments.

Mais ce vulgaire en sa faiblesse

Ne pouvant atteindre l'ivresse

Où le crime sait s'oublier,

La conscience accusatrice

Les livrait aux transes du vice ;

Je les entendais s'écrier :

Nous souffrons ! nul ne nous console !

Pleins de besoins et de dégoûts,

La jouissance nous désole,

Un sang venimeux coule en nous.

Au cœur un ver secret nous ronge.

Dans ton vide affreux qui nous plonge,

Abîme où s'éteint le désir,

Lorsque sous l'haleine brûlante

De la volupté haletante

Se rompt la glace du plaisir ?

L'innocence aussi souffre et pleure ;

Souffre pour le péché, pleure avec la douleur ;

Telle, elle monte à la demeure
Immortelle, vers Dieu seul repos de son cœur.
 Parfois dans sa marche sublime
Elle entend sous ses pieds le désespoir rugir
 Et grincer la rage du crime ;
Mais le vœu de l'impie avec lui doit périr.

LE BAL.

LE BAL.

Pourquoi ces flambeaux radieux
Dont la voûte est toute semée ?
Pourquoi ce bruit harmonieux ?
Tu n'es pas là, ma bien-aimée !

Quand chaque main presse une main,
Dans cette foule parfumée,
La mienne s'ouvre et cherche en vain ;
Tu n'es pas là, ma bien-aimée !

Aux beautés, aux plaisirs, aux chants,
Mon âme veut rester fermée,
Je suis seul ici, je t'attends,
Tu le sais, ô ma bien-aimée !

Le bal s'enflamme, les cheveux
Tombent sur la gorge animée,
Les regards lancent mille feux,
Les miens cherchent ma bien-aimée !

Je ne suis ici que pour toi;
Dans cette foule comprimée,
J'erre, je m'ennuie et j'ai froid,
O viens ! ô viens ! ma bien-aimée !

Quel bruit ? devant quelle beauté
S'entr'ouvre la foule charmée ?
Qui vient ? mon cœur a palpité,
C'est elle, c'est ma bien-aimée !

Elle s'assied, tremble, il est tard.
Sa paupière à demi fermée
Se soulève;... ton beau regard,
Qui cherche-t-il, ma bien-aimée?

Moi! moi! dieux, ai-je bien compris?
Sa figure s'est ranimée;
Elle m'appelle d'un souris;
Je viens, je viens, ma bien-aimée!

Dans ses accénts quelle douceur!
La waltz, oui, la waltz, mon Aimée!
Grand Dieu! dans mes bras, sur mon cœur
Je vais presser ma bien-aimée!

Viens, l'harmonie ouvre les cieux!
De ta chevelure embaumée
Quels fluides voluptueux
S'exhalent, ô ma bien-aimée?

Plus près de mon cœur enivré!
Plus près de ma lèvre enflammée!
Approche-toi! j'ai respiré
Ton haleine, ô ma bien-aimée!

Autour de nous quel vague bruit,
Quelle lumineuse fumée
Se répand et s'évanouit?
Où sommes-nous, ma bien-aimée?

Ton sein brûle, de quelle ardeur
Ta prunelle s'est allumée!
Et moi, de larmes de bonheur
Mes yeux sont pleins, ma bien-aimée!

Pourquoi ces flambeaux radieux?...
Cette foule inaccoutumée?...
Pourquoi ce bruit harmonieux?...
Je suis avec ma bien-aimée!

TENTATIONS D'UNE NOVICE.

TENTATIONS D'UNE NOVICE.

I.

Mon Dieu, que vos œuvres sont belles !
Que j'aime, quand s'éteint la gloire du soleil,
    A plonger, à me perdre en elles,
    Aux pâles heures du sommeil !

Image de la Vierge innocente et captive,
    Silencieuse et timide Phœbé,
Je brille comme toi, froide, pâle et furtive,
Sur un coin de ce monde au grand jour dérobé.

Oh! combien pour notre fortune

Commune,

Je t'aime, blanche sœur, douce vierge des cieux !

Et, lorsque avant le jour, la troupe virginale

En habits blancs, s'en va, sous les cloîtres ombreux,

Elever l'hymne matinale,

Avec combien d'amour, moi, je te suis des yeux !

O seul aimable objet qu'en toute la nature

Les murs de notre sépulture

Devant mes yeux laissent passer,

Quand je te vois, aux vents d'orages,

Courir sur les nuages,

Ou dans un ciel pur te fixer,

Ah ! je soupire avec prière :

Ta flamme renfermée en sa pâle carrière

Avant le jour va s'éclipser;

Et moi, toujours serai-je prisonnière ?

Et moi, vais-je aussi, mais sans retour, tout entière,

Aux approches de la lumière,

En la nuit sombre m'effacer ?

II.

Mon Dieu, pardonnez-moi ; mais à qui me plaindrais-je?
Mon père, écoutez-moi ; quel autre m'entendrait ?
Rappelez-moi vers vous, car qui m'aime? où fuirais-je?
Mon Sauveur, accourez, qui me délivrerait ?

Dans cet impur exil, comme au ciel ma patrie,
L'innocence et l'amour ne sont pas frère et sœur ;
Plutôt que l'innocence, ah ! je perdrais la vie ;
Mais, ô mon père, hélas ! si je n'aime, je meurs !

N'est-il pas un mortel qui comme moi désire
Sortir de cette mer d'ordures et de fiel ?
N'est-il pas une rive où le cœur ne respire
Que l'air, l'âme n'entend que les échos du ciel ?

Ah ! loin de votre sein pourquoi m'avoir bannie ?
Pour éprouver mon cœur ? m'instruire ? me punir ?
Au ciel, pays de l'âme, aux rives de la vie,
Ne peut-on remonter, mon père, sans mourir ?

Et vers vous je m'élance, en la nuit de la terre
Rayon seul égaré d'un centre radieux,
Ange au sol enchaîné, qui seul, loin de sa sphère,
Pleure, l'aile brisée, en regardant les cieux !

III.

Au souffle du matin, mon corps, mon cœur, mon âme
    S'ouvraient comme une jeune fleur ;
Tout homme était mon frère ; était-il une femme
    Qui ne fût ma mère ou ma sœur ?
Alors les cieux pour moi ne savaient que sourire,
    La terre ne savait qu'aimer ;
Maintenant, je gémis, je tremble, je désire,
    Et je sens mon sein s'enflammer.

Jeune fille, en mon ciel un autre amour se lève
    Qui n'est plus l'amour de mes sœurs ;
En moi je sens monter comme une ardente sève,
    De voluptueuses douleurs...
Toujours je me sens seule, au milieu de ces femmes,
    De ces enfants, dans les saints lieux !
Pour moi, n'être plus seule est me sentir deux âmes,
    Me sentir deux cœurs, vivre à deux !
Enfant, sans la chercher, je trouvais la pâture
    De mon cœur comme de mon corps ;
Des parents et de Dieu l'amour tranquille et pure,
    Le sombre souvenir des morts.
Jeune fille, en mon sein il s'ouvre comme un gouffre
    D'amour, d'où mon cœur affamé
Vers la terre et les cieux, mon cœur qui toujours souffre
    Toujours crie : aimer ! être aimé !

On dit qu'en mon cœur Dieu doit régner sans partage !
    O ciel ! quel doute plein d'effroi !
Un orage en mon sein appelle un autre orage,

Deux amours combattent en moi.
Qui donc doit l'emporter, le Créateur ou l'homme ?
Mon cœur n'aura point deux amours.
A qui me donner toute, avec qui seule et comme
Avec moi n'être qu'un toujours ?

La jeune volupté m'invite à ses caresses
Et m'offre ses molles primeurs ;
Le ciel me réclame, et sur mon front ses promesses
Suspendent d'immortelles fleurs.
En vain mes sens flattés brûlent ; en vain mon âme
Aux feux du ciel veut s'allumer ;
L'amour seul me remplit, me pénètre, m'enflamme,
Et je n'aime que pour aimer.

Amour ! être de mon être, âme de ma vie,
De mon cœur la soif et la faim !
Amour de tout instant et de toute patrie !
Amour sans mesure et sans fin !
Levier de ma nature, aimer ! espoir suprême,

Comme j'aime, être aimée un jour!

Que m'importe où, par qui, si d'un tel amour j'aime?

Est-il d'autre ciel que l'amour?

Vienne quiconque ici peut dissoudre ma vie,

Absorber ma mort dans le feu!

Loin du ciel, mon amour, créature chérie,

De toi saura faire son Dieu!

Dieu! Dieu!... Quoi! je devrais tout haïr pour un être

Que je ne puis voir ni sentir?

Moi-même me haïr, tout fuir sans rien connaître,

Et tous les jours à tout mourir?

D'où vous connais-je, ô Dieu? votre image immortelle

Brillait dès l'enfance en mon cœur.

Beauté des jours anciens, beauté toujours nouvelle,

Je vous aime, ô mon Créateur!

Mon père, dans quels cieux, loin des terrestres fanges,

Vous ai-je donc jadis connu?

J'ai comme un souvenir,... pourtant, vous et vos anges,

    Mes yeux ne vous ont jamais vu.

La voix de mes aïeux, du ciel et de la terre

    La voix m'annonce votre nom ,

Et dans mon cœur sans cesse un cri d'amour fait taire

    Les murmures de la raison.

Descends, harpe des cieux ! que mon âme assoupie

    S'éveille au bruit de tes accords,

Et voie, au sein de Dieu, des rives de la vie,

    Ce qu'y voit la cité des morts.

Prions !... Mais, sur ma lèvre, esprit, flamme, parole,

    Ne descends-tu que pour mourir ?

Je voulais aux douleurs dire un chant qui console,

    A l'espérance, l'avenir ;

Vers Dieu, la foi, l'amour, sur leurs brûlantes ailes,

    Au milieu des anges en chœur,

Me ravissaient ; j'offrais mes chants, ces étincelles

    Des feux intimes de mon cœur.

Mais soudain, de vapeurs, le volcan que j'habite

A noirci mes limpides cieux,
J'ai senti sous mes pieds, sur mon sein qui palpite,
    Ma harpe chaude de ses feux.
A peine, chaque jour, à cette hymne pieuse
    Prélude-je par un accord,
Sous les embrassements d'une forme amoureuse
    Mon inspiration se tord!
Vers l'océan d'amour mon cœur brûlant s'épanche,
    Mon âme vers la vérité;
Sur ma bouche inspirée une bouche se penche
    Et l'arrête avec volupté!...

IV.

Quels mols parfums m'envoient les citronniers en fleurs ?
    L'air voluptueux me caresse ;
Mon cœur s'échauffe et bat; mes yeux sont pleins de pleurs,
    Une ardente langueur m'oppresse.

Ici, les verts coteaux sourient sous un ciel pur ;
    Là, des bois noircit le mystère ;
Là, flotte en scintillant cette zone d'azur
    Dont Amphitrite ceint la terre.

Partout déborde à flots la vie et la beauté
    Du sein fécond de la nature ;
Le jour parle d'amour ; la tiède volupté
    Soupire dans la nuit obscure.

Laissez-moi respirer ces suaves odeurs
    Qui charment mon âme blessée ;
Laissez-moi revêtir de ces riches couleurs
    La palette de ma pensée !

Laissez, sur les flots bleus, sur les brillants contours,
    Longtemps errer mes rêveries,
Se perdre mes désirs en cette mer d'amours ,
    Ma vie en ces torrents de vies !

Laissez-moi respirer la force et le bonheur ;
    Laissez-moi jouir de mon être ;
Ce lieu sublime aussi c'est un temple, et mon cœur,
    Un tabernacle où Dieu pénètre.

Ah! pourquoi ce spectacle à mes yeux présenté,
    Sinon pour enflammer mon âme?
Sur la terre, pourquoi cette variété,
    Au ciel, pourquoi ce jour de flamme,

Ou ces trésors des nuits, qu'en l'ombre, de son sein
    Laisse s'échapper la nature;
Ce luxe d'univers jetés là sans dessein
    Comme un superflu de parure?

. . . .
. . . .
. . . .
. . . .

Tout parle; « Hâte-toi! » murmure en la fontaine
    Chaque flot sonore écoulé;
Depuis qu'ici je rêve et je flotte incertaine,
    Ce bassin s'est renouvelé.

« Le temps fuit, me dit l'ombre, et l'ardente jeunesse
    » Passera comme ce beau jour.
» Tous ces vides moments couleraient pleins d'ivresse ;
    » Pourquoi perdre un temps sans retour ? »

Déjà le soleil baisse et le tableau s'efface ;
    Ah ! demain, changée avant eux,
Saurai-je aux mêmes lieux trouver la même grâce,
    Le même charme aux mêmes cieux ?

Hâtons-nous ! cœur foyer d'amour, jette ta flamme !
    Luis, beauté faite pour charmer !
Devant ce beau spectacle, il doit être, ô mon âme,
    Si sublime et si doux d'aimer !

Non ! non ! nous n'avons pas de la vie à l'aurore
    Juré d'éteindre le flambeau ;
Avant d'avoir vécu, nous n'avons pas encore
    Juré de descendre au tombeau !

ADIEUX DE LA VIEILLESSE.

ADIEUX DE LA VIEILLESSE

AU PRINTEMPS.

La feuille verte sort de la branche noircie ;
Chaque plante revêt sa parure de fleurs ;
Dans tout monte, circule une nouvelle vie ;
    Et moi, je meurs.

Le papillon est libre, et vers les cieux s'élève ;
Sur les chants des oiseaux l'amour voltige ; heureux
Qui peut aimer !... Dans moi je sens tarir la sève
    Qui monte en eux.

Je vois mon pré fleurir ; j'entends frémir ma lyre ;
Mon oiseau bat de l'aile, et chante et fait cent bonds ;
Terre, et vous, cieux, pourquoi si doucement sourire
      Aux moribonds ?

Au doux bord de la vie un vain regret m'attache ;
Ce tranquille air de fête insulte à mes douleurs ;
Cet éternel sourire à mes yeux secs arrache
      Leurs derniers pleurs.

Il est cruel de voir le vaisseau du voyage
Poursuivre en folâtrant la trace du plaisir,
Et de se sentir, soi, lentement, au sillage,
      Tomber, périr.

Il est cruel de voir la nature complice
Vivre et recommencer l'année en souriant,
Et de se sentir, soi, de supplice en supplice
      Choir au néant.

Et d'autres fouleront ces tapis de la terre,
Verront ces belles fleurs, goûteront ce doux miel,
D'autres admireront l'éclat et le mystère
    De ce beau ciel !

Demain comme aujourd'hui cette eau sera sans ride,
Ce jardin parfumé, ce soleil pur et beau,
Et moi je descendrai seule, en l'ombre fétide
    Du froid tombeau.

Moi qui, jeune, semblais prête, ainsi que l'orage,
A conquérir ce monde où je devais passer,
Mon pâle souvenir avec ma froide image
    Va s'effacer !...

D'autres mouraient, et moi j'étais ivre de vie;
D'autres vivent, je meurs; et le Temps dans un pli
De son manteau m'emporte, et tous il nous convie
    Au même oubli.

CLAIR DE LUNE.

CLAIR DE LUNE.

. . . . , te souvient-il d'une belle soirée
Que nous nous aimions tant, que nous étions heureux,
Que nous nous parlions bas, que contre moi serrée,
Ton bras pressait mon bras, tes yeux cherchaient mes yeux?

Ce n'était pas la nuit, mais cette clarté pâle
Qui d'un jour argenté fait poudroyer les airs,
Les cieux étaient bleu sombre, et de flammes d'opale
La lune diaprait l'azur sombre des mers.

Le long des flots dormants qui frémissaient à peine,
Nous marchâmes longtemps, mais pour nous enchanté
Le temps ne marchait pas, et cette nuit sereine
Etait sombre devant notre sérénité.

C'était l'heure où, sans bruit, un souffle qui soupire,
Descend du haut des monts dans les vallons du cœur,
Où l'étoile qui tremble à l'âme qui désire
Verse du haut des cieux une rêveuse ardeur.

Un astre intérieur, d'une secrète voie,
Lentement dégageant ses doux rayons chargés
De suaves douleurs et de pensive joie,
En notre âme entr'ouvrait des sillons prolongés.

Le vulgaire, des sens impétueux esclave,
Ne goûte du plaisir que les brutes ardeurs,
Le sage a savouré l'amertume suave
Du calice épuisé des plaisirs et des fleurs.

Et la voix de la mer, quand se taisait la nôtre,
Nous parlait, étendus sur les cailloux polis,
Et le plus dur rocher, étant l'un près de l'autre,
Nous était aussi mol que le duvet des lits.

Qu'elle était belle aux yeux et douce pour l'oreille,
Cette mer assoupie aux caresses des vents,
Qui de ses bords où l'art, où l'amour toujours veille,
Nous soufflait les parfums, les accords et les chants!

Les cieux étincelaient; de brûlantes haleines
Ondaient en palpitant le sein des flots charmés,
Mille feux fugitifs voltigeaient dans les plaines,
Mon cœur se répandait en accents enflammés.

Je te disais : C'était le seul vœu de ma vie,
D'être aimé d'une femme ainsi semblable à moi,
Dont le cœur à mon cœur, l'âme à mon âme unie,

Fût de mon existence une intime partie,
Une moitié, ... cette femme, c'est toi.

La nature a caché dans les âmes humaines
L'irrésistible attrait, l'appétit du bonheur.
La nature en l'amour cache l'oubli des peines,
La source du bonheur, l'amour coule en nos veines,
Bouillonne en nos pensers, bondit dans notre cœur.

Dans l'extrême union, dans l'unité de l'âme,
Dans la communauté qu'on veut et qu'on chérit,
Se cache le bonheur dont le désir m'enflamme;
Aussi le ciel aimant forma l'homme et la femme
Pour n'avoir qu'une chair, qu'un cœur et qu'un esprit.

Oh! que ta voix est douce à mon âme affligée!
J'écoute avec transport chacun de tes accents;
Ainsi qu'une harmonie en la nuit prolongée,
Ta voix laisse mon âme en ses rêves plongée,
Le chant cesse, l'oreille écoute encor longtemps.

Pénétrante parole ! ô voix d'une âme aimante !
Aux cris de mon amour, écho d'un cœur profond,
Par qui je sais qu'enfin quand je parle ou je chante,
Une force sensible, une âme intelligente
M'a senti, m'a compris, et m'aime et me répond !

Quand tes regards brûlants dans mon regard avide
Plongent comme l'éclair du foudroyant plaisir,
De ce spectre de l'âme en ce foyer humide,
Au plus profond du cœur, une flamme liquide
Dans mon sein frémissant va toucher le désir.

Ta main presse ma main, ma main presse la tienne,
J'arrête à tes soupirs l'effort d'un bras nerveux,
Et je crains de t'étreindre, et ma bouche ose à peine
Lentement soulevée, effleurer, incertaine,
Sur ton cou frissonnant le bout de tes cheveux.

Oui ! l'avenir te semble un abîme ; peut-être,
Sans cesse suspendus sur le front du bonheur

Les orages t'effraient ; ne formons qu'un seul être !
Je voudrais que mon âme en la tienne pénètre,
Respirer par ta bouche et vivre par ton cœur !

Enlacé dans tes bras, dans mes bras enlacée,
Sans chaînes enchaînés, parlant silencieux,
L'un dans l'autre, longtemps, oh ! laisse ma pensée
Au sein de ton amour s'oublier reposée,
Mes douleurs s'endormir aux rayons de tes yeux.

Et toi, tu répondais : Près des lacs d'Helvétie,
Bleus miroirs des glaciers, aux rives d'Italie,
J'ai vu des lieux plus beaux que celui que je vois,
Pourtant de mon esprit leur trace est effacée,
Et dans moi cette nuit s'est pour jamais fixée ;
Seule je les ai vus, je la vois avec toi !

Le seul plaisir de voir les beaux lieux de ce monde
Ne rend point dans l'esprit leur présence féconde,

Ne les fait point aimer; ce qui les fait chérir,
Ah ! c'est le souvenir d'une personne chère;
Un instant leur beauté peut charmer, peut distraire,
Mais par son souvenir seul vit leur souvenir !

C'est lui qui, pour les yeux de l'absence attendrie,
Semble prêter aux lieux des charmes, une vie,
Un sentiment caché; lui, qui sur les débris,
Dans les détours des bois, glisse avec la lumière,
Et nous fait vénérer un vieux tronc, une pierre,
Ce qui ne peut aimer, comme de vieux amis.

L'admiration brille, exalte l'homme et passe;
L'objet de nos regards du souvenir s'efface
Si l'esprit ne l'y grave au feu des passions;
Comme toi cette nuit de mon cœur fait partie,
Et dans mes yeux mourants, quand s'éteindra la vie,
Tu verras luire encore un de ses doux rayons !

TABLE.

BIBLIOTHÈQUE ROYALE

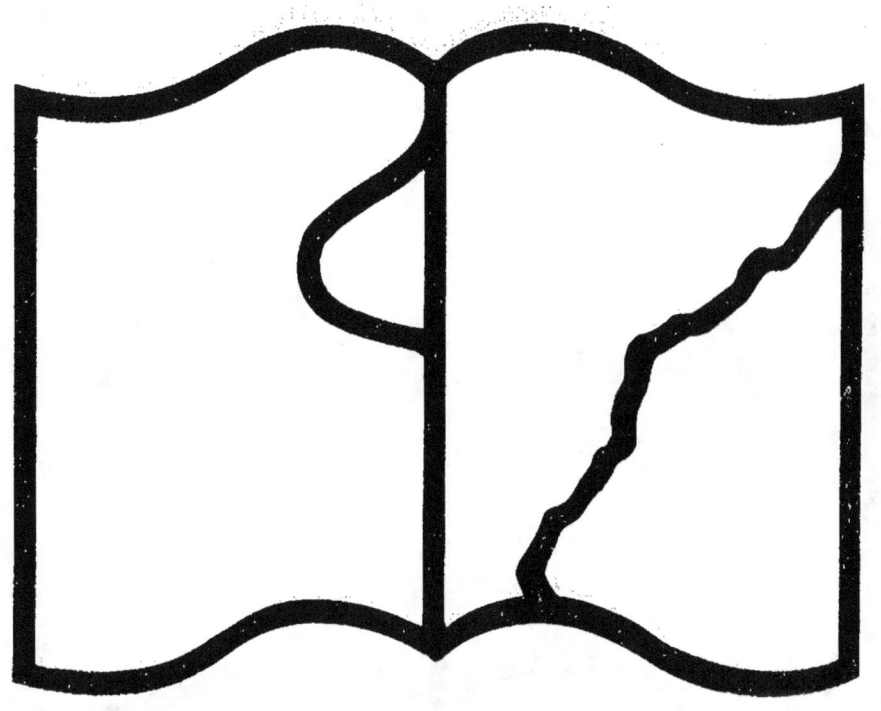

Texte détérioré — reliure défectueuse

NF Z 43-120-11

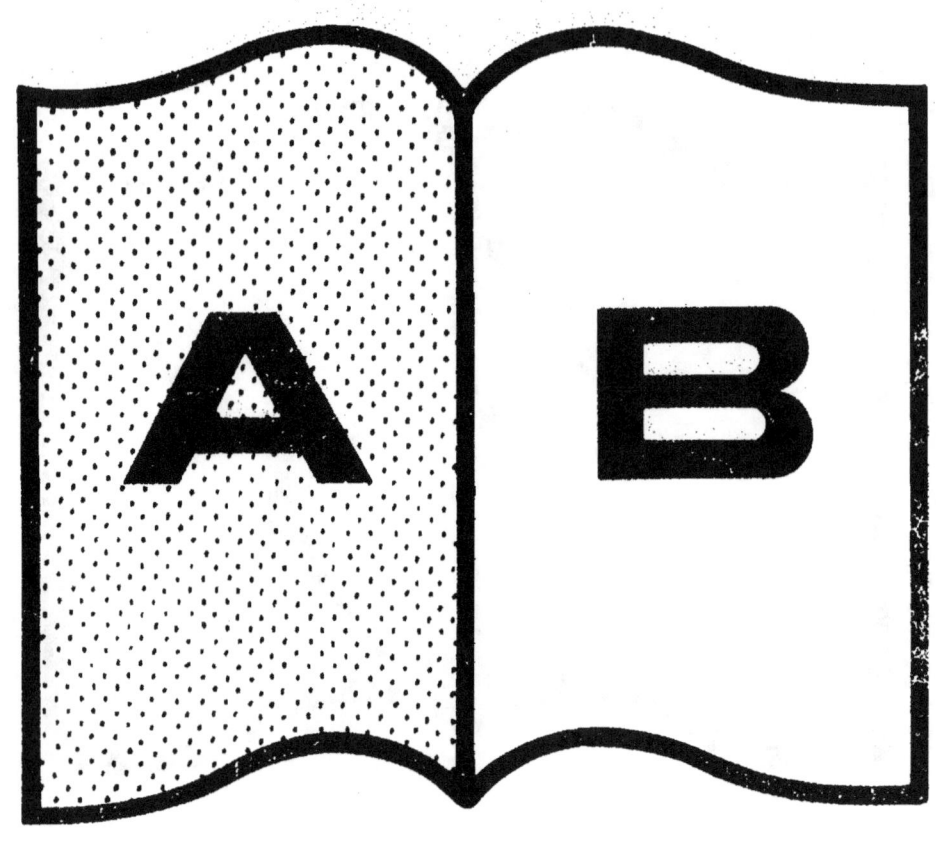

Contraste insuffisant

NF Z 43-120-14

www.ingramcontent.com/pod-product-compliance
Lightning Source LLC
Chambersburg PA
CBHW052002020726
47501CB00004B/965